Flores de beira de estrada

LARANJA ● ORIGINAL

Flores de beira de estrada

Marcelo Soriano

1ª Edição, 2019 · São Paulo

Para Tati e Ana,
pelo amor, confiança, inspiração e paciência.

When they said repent I wonder what they meant.

LEONARD COHEN, *The future*

Primeira parte

Há muito anoitecera e nas montanhas, naquela época do ano, a temperatura podia mudar num instante. Com o frio, o sereno se pegava ao para-brisa, mesmo varrido pelo limpador, borrando a mata negra, as curvas, e a escuridão riscada por fachos em forma de cone. Passava das três quando saíram do casamento embriagados. Ao invés de ir para casa, como pedia o juízo, decidiram dormir no chalé do pai dela, onde a vista era sem-fim e o sexo matinal, bem mais prazeroso que o que faziam no quarto e sala no qual ele vivia sozinho, às custas do avô.

O pai de Dora, advogado respeitado, o detestava. Queria para sua única filha alguém do mesmo nível e, portanto, lhes vetava a ida ao chalé. Mas ele estava longe, com a namorada não mais velha que Dora, a bordo de um veleiro, pelas águas transparentes de Halong Bay, ou quem sabe degustando um vinho aclamado num restaurante fino de Xangai, ou até dormindo numa tenda cinco estrelas à beira do Mekong. Dora sabia abrir o chalé e tinha um fraco pela imprudência.

Ela desceu as escadas devagar, vacilante, os sapatos na mão. Ele fumava junto ao meio-fio e esperava um táxi surgir na madrugada fria. As putas cobriam a calçada oposta com saias curtas e umbigos exibidos. Não precisava mais delas. Dora entregou o ticket ao manobrista e se aproximou pelas suas costas. Se enlaçou em seu pescoço e ele a afastou e ela se pendurou outra vez e ele deixou que ficasse; sem perder o mau humor estampado nas pregas do rosto.

O manobrista trouxe o carro que ela ganhara do pai.

"Vem comigo. Vem."

Guime acertou a bituca no bueiro com um peteleco, jogou o paletó no banco traseiro, sentou ao volante e bateu a porta. Mal ela se acomodou no outro lado, partiu acelerando pela Lineu de Paula Machado. Empurrou a mão dela que buscava sua perna.

"Da próxima vez, vou quebrar esse filho da puta... arrebento... filho da puta... encho de porrada...", vazava de sua boca pelo ciúme que o ex dela lhe causava.

"Esquece", ela disse e ele meteu o pé no freio, pois o sinal havia fechado. Disse também que o amava, esfregando as pontas pacificadoras dos dedos em sua nuca; passou o cinto para as costas de forma que pudesse encará-lo, puxou seu rosto com as duas mãos e se enroscou em seu corpo, colou nele, buscou espaço com a língua dentro de sua boca.

Foi após desagarrar que Dora o convenceu a tomar o caminho do chalé da montanha. Tirou do porta-luvas a caixinha redonda estampada com o dragão e, de dentro, a ponta apagada.

"Mais! Cacete!"

"Aquele skank do Francis", ela disse. Ele descolou o traseiro do assento e, com apenas uma mão na direção, sacou do bolso da frente da calça o Bic verde-escuro. No lugar, enfiou a caixinha do dragão. Dora acendeu o baseado, segurou a fumaça o quanto pôde e depois soprou bem perto de sua boca, devagar, como quem sopra o machucado de um filho.

Mas isso foi antes, agora ela dormia encolhida, as pernas contra o peito, o xale jogado por cima. Ele reagia ao vaivém das curvas e do limpador. Aumentou o som para combater o sono. O farol iluminou a descida e refletiu na seta que indicava curva acentuada à esquerda. Ele moveu o rosto, a imagem voltou ao prumo com ligeiro descompasso. Freou. A borracha do pneu se agarrou ao asfalto, com a música alta e os vidros fechados, não escutou seu grito, não sentiu seu cheiro. Botou o carro nos eixos, as pálpebras arriadas feito colchas no varal. Aumentou mais o volume. Procurou o Red Bull nos porta-trecos. Não achou. Esticou o braço direito até o piso e arrastou a mão por baixo de sua perna, pelo tapete; o dedo tocou a latinha, não conseguiu pegá-la, rolava, acompanhava o balanço do carro, roçou-lhe o pé, sumiu. Abaixou a cabeça e viu a latinha — irreversível —, o carro vazou o guard-rail, decolou, quicou três vezes, capotou e se arrastou por vários metros até se espatifar no tronco maciço da árvore, a lataria arregaçando na madeira.

O cinto contra o peito e o balão plástico explodiu no rosto. Guime levantou a cabeça trincada da direção, apalpou a perna latejante e o melado escorreu entre seus dedos. Dora não estava mais. Sem conseguir abrir a porta, se arrastou pela janela e ficou estirado na terra. Ao redor tudo era igual, impreciso na escuridão. Se ergueu e, capengando, decidiu iniciar uma busca pelo mato. Foi só o tempo de uma coruja piar às suas costas; ao se virar na direção do carro, deu com as pernas de Dora embaixo dele. As lantejoulas tremeluzindo no barro rastelado. Mancando, quis voltar. Avançou pouco. A bola de fogo fraturou a escuridão e engoliu as ferragens.

Espasmos percorreram seu corpo, ondas partiam do cérebro em sentido às extremidades e se perdiam pelo caminho feito cartas extraviadas. Sentia a perna pendurada, as mãos atadas, o desinfetante nas narinas, o véu frio do ar-condicionado. Ouvia passos e rodas sobre o piso, vozes ao fundo, um som opaco como se estivesse dentro d'água. Não compreendia o que lhe diziam os sentidos, a lucidez não se sustentava, só pressentiu o retorno. Veio a dor, foi ela quem lhe avisou que vivia. Não pôde gritar, tinha um tubo entalado na garganta. Apenas as pálpebras se moveram, as pupilas se retraíram diante da luminosidade trêmula do teto, da parede e do lençol alvejado que cobria a perna suspensa por roldanas. Só ele no quarto, ninguém o acompanhava.

Não via os punhos, apenas sentia as tiras largas na carne, nos ossos, no corpo minguado pela alimentação líquida que entrava pela sonda. A claridade era mais intensa no lado oposto ao das vozes. Piscou. Havia fios grudados em sua pele, conectados a algum lugar atrás de sua cabeça, de onde vinha o apito. Os olhos se fecharam, restou uma fresta pela qual deslizava uma lâmina de luz. Um tecido branco correu o ar como se cobrisse alguém. O apito se esgotou numa leve vibração.

Dora vestia aquele roupão felpudo que terminava onde começavam suas coxas. Tinha o colorido das capas de revista, bochechas em degradê, pálpebras roxas, riscos negros sob os cílios, lábios brilhantes; os cabelos presos atrás da cabeça por uma piranha. Beijou-o na boca com os lábios fechados e roçou a ponta da língua na sua; com o dedão limpou a marca de batom; dava para sentir sua respiração no rosto barbeado. Quis beijá-la mais. 'Nã, nã, nã, vai estragar a maquiagem.' A gola do roupão deslocada com a ponta dos dedos oferecia o pescoço. Ele arrastou a boca na pele branca; ela se esquivou segurando-o pelas abas do paletó, ajeitou o nó torto da gravata, meteu o indicador por dentro do colarinho. Volteava ao seu redor, e ele seguia seu ondular sobre os pés descalços. Despiu o roupão diante do armário aberto, mostrando nas costas a marquinha dos ossos na pele, de onde sairiam asas caso as tivesse, bem como os seios empinados refletidos no espelho. Usava uma daquelas calcinhas com estampa de bichinhos que ele chamava de seu pequeno zoológico. Era a deixa para desabotoar a camisa e exibir a barriga em gomos de que ela tanto gostava. Se aconchegou por trás, as mãos em seus quadris, os dedos sob o tecido elástico. 'Mais tarde. Depois da festa. Vou te fazer uma surpresa' ela disse, estendendo o vestido entre os dois — feito um toreador —, enquanto desaparecia na penumbra. Ele manteve o olhar fixo no ponto onde ela sumira até escurecer de vez e só restarem rabiscos em fundo negro; e onde antes se viam os seios, agora luzes em forma de cone. Desviou o rosto. A mão raspou o tapete, a latinha na mão, o rádio ligado na vibração. A seta indicava a curva. Conhecia o depois da curva e estendeu os braços. Os pés comprimiram os pedais, as mãos buscavam Dora, na direção, no câmbio, na latinha e o guard-rail se rasgou feito papel. Dora era o vulto escuro que explodiu o para-brisa antes do clarão.

Os braceletes machucavam; e o tubo. O mesmo branco da outra vez, mas nesta tinha a mãe que lhe tocava os dedos. Percebeu o alívio dela na serenidade da voz, no deslizar de suas mãos com luvas de látex. Veio o apito estridente. A mãe sumiu puxada por um braço em um avental. Seu punho foi pressionado, veloz. As pálpebras foram afastadas e a lanterna caneta iluminou seu interior. Sua cabeça inundou, a barragem que represava suas memórias tinha se rompido. Pessoas de branco ocuparam o hiato gerado pelo coma, o passado e o futuro, a dor da perda e a incerteza se sobrepondo — buracos cavados no fundo de outros. Dora não dormia mais sob o xale — no tempo interrompido, acabara de morrer —,

o desespero de ser o sobrevivente foi brutal, mas ainda desprovido da razão, foi engolido pelo gozo de se perceber vivo.
"Está tudo bem", disse a mulher de jaleco.

Despertou diversas vezes, cada uma com pessoas diferentes ao seu redor; o monitoravam de perto. Na pouca lucidez, tentava encaixar o mundo de fora no de dentro. Melhorava rápido, era jovem e vigoroso — fruto das muitas noites movendo ferros na academia. Os intensivistas aplicaram o sedativo, desconectaram a bomba, o respirador e a sonda para que fosse transferido à internação. O torpor das drogas diminuía e vieram as náuseas e um respirar grosso, uma dificuldade em se localizar no tempo e no espaço. Seu corpo coçava e se contraía em pequenos espasmos como se a vida o tomasse por todas as veias e músculos. As mãos soltas circulavam mansas no lençol. O pescoço se movia. O tubo que recheava a garganta se fora.

O novo quarto era mais simples, poucos equipamentos — ao lado de sua cabeça, só uma luminária; sob a janela, o sofá-cama raiado do sol cortado pela persiana; uma televisão flutuava em um suporte preso à parede; e, ao alcance de um braço, uma poltrona; a mãe nela. Cochilava, o novelo de lã azul com agulhas espetadas prensado entre o quadril e o encosto, o livro aberto no colo, as mãos em cima, os óculos tortos. Percebeu logo que ele acordou, se esticou e ele aconchegou a mão nas dela. Os olhos ardiam molhados. E as palavras vieram travadas como correntes que puxam âncoras.
"Dora. Mãe."
Os lábios dela se comprimiram. O enfermeiro se aproximou sem que o notassem, veio trocar o soro, a bolsa de urina, lavar seu corpo com chumaços de gaze embebida em água destilada.

"Já volto, querido, vou ao banheiro", disse ela com a voz entrecortada, deixando a mão dele escapar. Ao voltar, sentou quieta no sofá-cama e esperou o banho para reocupar seu lugar na poltrona. E ela desandou a contar coisas. Por dois dias, com as agulhas nas mãos, trançando a lã do novelo ao tecido, ela contou o que viu e ouviu na sua ausência; e quando parecia que iria acabar, vinha mais, como as bolsas do soro que pingava em sua veia. Soube que passou duas semanas inconsciente devido a uma concussão, que sua sobrevivência se dava graças aos milagres da medicina — fosse lá o que a mãe queria dizer com isso — e a muitas orações. Mostrou no espelho de maquiagem o pontilhado em seu rosto feito por estilhaços do para-brisa, devem sair, ela disse; não como os pinos metálicos em sua perna — seis tiraria em breve, dois jamais.

"Foi no domingo de manhã", ela começou, "sua irmã chegou de madrugada e eu não consegui mais dormir, então saí do quarto cedinho para ela não acordar e fui à feira. Na volta, eu arrumava as compras na cozinha, e o seu avô assistia ao Globo Rural na sala, resmungava qualquer coisa por causa do governo, da Zezé, do diabetes, sabe como ele é", disse, fazendo pausa para respirar. "Eu ia até o seu bloco checar se tinha correspondência dele na portaria e aproveitar e ver se você estava em casa, quando o telefone tocou. Nem me troquei, fui daquele jeito mesmo."
Escutava em silêncio, olhos fechados na maior parte do tempo, cílios grudados. Embaralhava a narrativa aflita da mãe, enxergava lugares que não havia, misturava o experimentado ao contado, o palpável ao sonho, completava histórias que derretiam. "Na hora do acidente, não passava ninguém na estrada, vocês teriam ficado no barranco se o barulho e o clarão não tivessem chamado a atenção de um motorista de caminhão que vinha de Taubaté, ou de outro lugar, sei lá. Foi ele quem chamou

o resgate. Encontraram a Dora direto, você, um pouco depois; os bombeiros tentavam mover o carro e deram com você enfiado na terra, coberto de fuligem", foi a última coisa que ela falou; ou teria dito formigas na boca?

Acordou ensopado, suou tanto que foi preciso trocar a roupa. Não encontrou a mãe. O bilhete dizia que voltaria logo. Aguardou deitado no sofá embaixo da janela, o sol na pele fazia com que se sentisse melhor. Ela apareceu perto do almoço, alisava a blusa na barriga. As gotículas nas têmporas e a boca entreaberta eram de quem vivia apressada. Carregava uma sacola da loja de sapatos, típico dela; tirou de dentro o pote de louça, abriu, deu a ele um bolinho de chuva, de que tanto gostava, e reassumiu a poltrona.

"Fizeram o hospital onde era um convento. No centro de São José. Um prédio meio encardido, mas dentro, você precisava ver, todo iluminado, limpinho. Eu e o seu avô chegamos perto do almoço, umas duas horas de viagem. Você estava na cirurgia.

Fui entrando, não deixaram. Botaram a gente na sala de espera, deram uma papelada para preencher e queriam que eu identificasse a moça. E eu lá conseguia pensar nisso? Não sabia de casamento nenhum. Nem se você saía com a mesma menina, nem que carro era aquele, muito menos o nome dela. Pegaram um monte de números no seu celular. Ligaram num, ligaram noutro." Ergueu as duas mãos ao mesmo tempo diante do peito. "Sabia que a mãe dela morava fora?"
"*Uhun.*"
"E que o pai estava viajando?"
Ele assentiu com a cabeça.
"Bom, eu não sabia de nada, mas tudo bem, vocês nunca me contam mesmo. Você não me ligava, mal respondia minhas mensagens." Fez uma pausa e seus ares de desdém. "Bom, acharam a mãe e parece que foi ela quem avisou o pai. A gente estava preocupado em saber se iam te transferir para São Paulo, ou se não valia a pena correr o risco. Eu conversava com o médico na frente da janela por onde passavam as macas que saíam da sala de cirurgia..."

Ele ouvia — e captava um pouco mais que na véspera —, mas não conseguia se fixar no falatório da mãe. Era Dora dançando, os braços erguidos equilibrando o Martini entre os dedos; Dora sussurrando em sua orelha antes de morder o lóbulo; se espreguiçando em sua cama; a flor chinesa de que ele nunca lembrava o nome nem o significado, tatuada no quadril acima da marca do biquíni; que lhe sequestravam a atenção. Não deviam ter entrado naquele carro; entraram. Poderia ter dito não; não disse. Ela o fazia tão feliz que se sentia imune a tudo. Despudoradamente feliz. Teria feito qualquer coisa para não desapontá-la.

"Cadê todo mundo?", quis saber. Por que a irmã, o avô, os amigos não vinham? Quando alguém que não a mãe cruzaria aquela porta?

"A sua operação acabou tarde", continuou como se não o escutasse, "você saiu inconsciente, cheio de fios pendurados no corpo. O enfermeiro que te empurrava diminuiu a velocidade quando me viu colada na janela. Até parou um tantinho, você de um lado do vidro e eu do outro, me sorriu meio sem graça, talvez estivesse pensando nos filhos dele", ela suspirou e levantou aqueles olhos opacos de quem se acostumou com a dor. "Você estava coberto, só os ombros e a cabeça toda enfaixada de fora, o nariz e a boca debaixo da máscara. Roxo e inchado. Um horror."

"Cadê meu telefone?"

"Vão trazer de São José, com tudo mais que era seu."

"É um iPhone novo que a Dora me deu."

"No dia seguinte, eu e o seu avô estávamos na recepção, e os pais dela passaram pela gente voando. O rosto da mãe estava todo borrado de rímel, dava para ver os riscos saindo por baixo dos óculos escuros, coitada, acabada como qualquer mãe ficaria. Mas ele não, bufava. Que homem enorme! Tem uma expressão de meter medo. Você conhece?"

"Conheço."

"Seu avô me puxou e nós saímos por onde eles chegaram, até o pátio, e depois a rua. Talvez a gente devesse ter acertado as coisas com eles, sei lá, a gente não conseguia pensar direito. Nós estávamos cansados, assustados."

"Acertado o quê, mãe?"

"Os pais levaram ela no mesmo dia, seu avô voltou e eu fiquei. Não queria te deixar de jeito nenhum. Arrumei um quarto num hotel lá perto que me recomendaram. Depois sua irmã me contou sobre o enterro, parece que foi a amiga dela quem disse, sei lá. Uma tristeza."

"Acertado o quê, mãe?"

Ela abriu o saco de lãs no colo e se perdeu nas cores. Parou de falar, parecia ter contado o que queria. Ele não perguntou mais. A história soava incompleta, mas não tinha certeza de querer ouvir o resto. Sempre repeliu a curiosidade da mãe, e o canal pelo qual passariam assuntos íntimos acabou entupido. Bastava que ela estivesse ali, ao seu lado. Apenas se ressentia da ausência da irmã e do avô.

"O seu avô está doente, qualquer saída da rotina vira uma novela. A Laura, assim que acabar as provas, vem. Tenha paciência, filho." E desviou o assunto para a incoerência do tempo, guarda-chuvas esquecidos.

Só se escutava o irritante fungar do ar-condicionado. O controle da TV fora do alcance. Apertou o botão de erguer as costas, ergueu também a lombar, abaixou novamente as costas, girou. Reposicionou o travesseiro, alcançou a água na cabeceira, se esticou. O controle longe demais. A perna doía, doía muito; esfregou a coxa com a palma da mão, com força, arranhou a perna que coçava. Apertou o botão de chamar a enfermeira; girou outra vez. Puxava o ar em busca de alívio, uma dose extra, estava curto. Alargava os vãos dos dedos dos pés, esfregou a nuca molhada no travesseiro. Os sovacos. Muita dor, como se um inseto tivesse se alojado na extremidade do pino de ferro enfiado em sua perna, cavoucando, raspando o osso. Soltou um grunhido rouco, de boca fechada, um apelo reprimido por um pudor hospitalar inútil, e cravou o dedo no botão de pedir ajuda. Dor dos infernos. Apertou e não largou, com força, queria atravessá-lo. A enfermeira apareceu, ele puxava os lençóis amarfanhados entre os dedos. Ela fez perguntas às quais ele não respondeu, tão prensados estavam seus dentes. Saiu e ele batia os punhos no colchão. Uma eternidade. Assim que voltou, ela misturou a Dolantina no coquetel da bolsa ligada ao seu antebraço; e chegou tão rápido pela veia que quis vomitar, não o que entrava, o que já estava nele e não saía.

Pensou que ia perder os sentidos, mas não, apenas submergiu e sorriu para ela. Os pensamentos flutuavam suaves e quando tentava alcançá-los, eles se erguiam no ar, debandavam, afugentados por seu movimento.

A porta abriu. A enfermeira tapava a visão. Ele as notou pelo canto, pela parte de cima, reconheceu as vozes, era a mãe que voltava e Laura com ela; conversavam.

Ansiava por essa visita. A irmã entrou e foi direto para o sofá, ele estendeu a mão, mas ela não veio. Suas narinas estavam largas, as sobrancelhas arqueadas diminuíam os olhos, os lábios, tão prensados que seria impossível passar uma folha de papel entre eles. A boca enfim se moveu, ele não entendeu o que disse. Parecia falar com a mãe, o tom ligeiramente áspero. Ele balbuciou algo sem cabimento, suave, banal, elas o encararam. Eram quatro os olhos severos, borrados no ar nebuloso, e elas pequenas. Tão pequenas e exaltadas, os olhos imensos, desproporcionais, e as bocas, e as orelhas. E ele riu. Notou as pontas dos caninos de Laura por trás dos lábios, seus olhos disparavam chispas. O rosto cada vez mais embaçado.

"Não tem do que rir. Você não pode...", disse ela com o bocão, dentões, e os olhos de fogo. Ele afundou o rosto no travesseiro e dormiu.

Amanheceu com as costas erguidas para acomodar a bandeja do café. A visita de Laura lhe veio à cabeça, não mais que umas cenas mal gravadas, alguns segundos. Não se lembrava dela lhe dando beijo, nem se tocara nele ou lhe desejara melhoras. Apenas a sensação miserável de que o encontro não correra bem. Perguntou à mãe e ela baixou o rosto e encaixou um ponto no tricô. Ele puxou a tampa do iogurte e enfiou a colher. Melhor se calar.

Chuviscava, parava e abria sol, depois fechava e mais chuvisco; de tarde, engrossou.

"Vou buscar um chocolate na cafeteria. Quer alguma coisa, filho?"

"Não, obrigado", e aumentou o volume da televisão para encobrir o batuque da água no parapeito. Ia de um canal a outro, sem paciência. O programa esportivo reprisava lances da véspera. Parou a tempo de ver a bola tirar tinta da trave. "Puta que pariu." Os braços subiram e ele descolou do colchão. Sentiu a fisgada na lombar e com um gemido se ajeitou na almofada. Danilo espiava da porta. Não era a primeira vez que aparecia, a mãe havia dito que viera durante o coma. Eram amigos desde o maternal. Danilo era o melhor aluno, o melhor esportista, o que nunca derrapava nas obrigações; aprenderam juntos a subir em árvores, a pegar jacaré com prancha de isopor — e ficar com a barriga assada — no José Menino, em Santos, onde os pais dele tinham um apartamento; e a andar de skate, primeiro na marquise e bem depois na ladeira da morte; namoraram duas irmãs, Elisa e Marcela; porém, não se viam desde a aparição de Dora. Guime apalpou a manta rente à perna buscando o controle, mirou a TV e apertou a tecla mute. Abriu um sorriso e os braços para receber o amigo, mas o abraço que recebeu foi tão gelado quanto o do representante da seguradora. Seus olhos não se cruzaram. Danilo o tratou por Guilherme — nem Guime, nem Alonso, nem Palito, apelido da infância das pernas compridas e finas. Não sentou no sofá distante, escolheu a poltrona, porém evitou qualquer contato físico prolongado, como se temesse um contágio; mantinha a cabeça baixa, perdida na pelinha que arrancava do canto da unha. Disse coisas do tipo: 'espero que você fique bem', 'te desejo melhoras' e outras frases tiradas desses cartões de convalescença estampados com anjinhos, ou americanos sorridentes. Uma visita protocolar. Se a reação da irmã tinha acendido a luz amarela, essa era a indicação definitiva de que nem tudo corria da maneira que a mãe o fazia crer. "O que está rolando, Danilo?"

"Não está rolando nada." Danilo cruzava e descruzava as pernas enquanto espreitava a entrada, parecia temer que alguém surgisse, que fossem vistos juntos, era claro seu desconforto, a vontade de partir. Olhou o relógio que piscava no pulso e disse que tinha um compromisso, se despediu, e saiu tão afobado quanto chegou. Guime encarou a porta como se pudesse ver através dela o amigo caminhar ligeiro até o elevador, sumir para sempre.

"O que está acontecendo, mãe? O que você está escondendo?" "Fiquei mais uns dias, até saber que você estava estabilizado, e voltei para ajeitar a transferência. Foi num desses dias que o administrador do hospital me contou sobre o pai dela, estava transtornado, não parava de ligar", ela recomeçou. Escondeu o rosto com as mãos, como se fosse outro e não ela a lhe contar: "Eles tinham num ziplock aquela caixinha com desenho de dragão, tiraram do seu bolso. Fizeram um exame toxicológico." Guime sentiu a pressão cair, os lábios tremiam. "Álcool e maconha. E bastante, né, filho?" Ela destapou o rosto, parecia que ia chorar. "Nós te demos..." Ele permanecia mudo, o olhar perdido nas curvas da cortina, evitando o dela. "Quando o pai dela descobriu, dizem que ficou possesso. Sabe como é essa gente." A imagem do sogro explodiu na mente de Guime, enorme: primeiro o rosto, os cabelos negros e lustrosos esvoaçantes, depois o pescoço largo, a gola da camisa fechada até em cima, e então os braços grossos e cabeludos, as mangas dobradas, o relógio de ouro; socando o ar. 'Vão à puta que os pariu', a cabeça empinada, a língua bífida estalando além da boca.

"Alguém escreveu na internet que vocês tinham brigado, que viviam brigando, que a menina não queria entrar no carro, e aí o pai começou a dizer coisas horrorosas sobre você, que era violento, e um amigo dela... sei lá, falaram um monte, e compartilharam, fizeram não sei o quê, e não parou mais." O tremor em sua boca dava às palavras entonações defeituosas, seus olhos estavam pequenos e úmidos. "Sua irmã é quem sabe, mas ela está magoada, botaram também no grupo da escola dela, e toda vez que ela se aproximava, os amigos mudavam de assunto." Secou o rosto com um lenço que tirou do bolso. "Na quinta de manhã saiu uma nota em um site. Conseguiram até uma foto do exame toxicológico. A Laura foi a primeira a ver, no celular, na saída do conservatório. Veio direto para casa, tinha outra aula, mas nem foi, ela chegou e já estava no UOL. Sua foto era uma daquelas que ficam girando. Todo mundo viu. Uma foto copiada do seu Facebook. Eu sempre falei para não botar essas coisas. Mas ninguém me escuta."

"Mãe, me arruma um computador. Já! Um telefone, qualquer merda!"

Não ofereceu resistência e entregou o tablet que trazia na bolsa todos os dias. Ele se conectou ao wi-fi e digitou seu nome, o mecanismo sabia o complemento. Alonso surgiu abaixo de Briggs, Winter, Boulos e Arantes. No canto direito, a selfie que tirou no topo do Redentor, o retrato da formatura e a foto dele esborrachado no chão, de bêbado no Carnaval, postada por um amigo da escola. Estava contaminado. Nas buscas, apareceria marcado até o fim dos dias — como as colaboracionistas em um dos filmes a que assistiu em companhia da mãe naquele quarto, obrigadas a sair à rua com o cabelo raspado.

A primeira palavra que leu foi assassino. 'Assassino, tem que ir do hospital para a cadeia, vergonha, apodrecer aguardando a sentença, nenhuma outra Dora, f-i-l-h-o-d-a-p-u-t-a, mostra em rede nacional, 40 anos, sem fiança, mete o bacana no xilindró, nojo, vão deixar o fiofó dele que nem uma couve-flor... rs. Preciso desenhar?' Abaixou o tablet e enxugou com as costas da mão o nariz que escorria. Sem dizer uma palavra, reergueu a tela. Quanto mais hostil o comentário, mais se via compelido a continuar. 'Culposo, semiaberto, por dolo, regime fechado, o supremo entendeu, pega um parente querido, amarra no para--choque, a mídia só dá atenção aos ricos, esses dias uns pés-rapados, a lei no Brasil só tem um objetivo: arrecadar, só punem quem transita na faixa de ônibus, independente de religião, orientação sexual, cor, ideologia, paga boy, se fosse nos Estados Unidos, moradora de bairro nobre, frequentadora da Vila Madalena, uma Land ou um Chevette, foi isso que o PT fez, bebida do capeta, uma lata de leite, um desempregado, preto, hediondo, sequestra e mata. Mata. Mata.'

Mandou mensagens para a amiga da faculdade, a que tinha lhe apresentado Dora, ela não respondeu, ligou, não atendeu. A mãe contou sobre o telefonema da moça do RH, seu contrato de estágio havia sido rescindido, contingências, disse que disseram, precisava comparecer assim que estivesse bom, para as formalidades. Lembrou também do telegrama da faculdade, não quis mexer, deixou em casa, fechado.

Duas semanas fora, e foi como voltar e encontrar a fechadura arrombada, tudo remexido, o de valor subtraído. Não era mais o sangue — que tanto prazer lhe trouxe ao notar que estava vivo — que corria em suas veias, e sim piche. Cancelou suas contas na Internet, ceifando num único golpe mil — quase — amigos; calou. Nada que pudesse dizer retornaria como esperado. Ficou prostrado, possuído pelo ódio e a sensação de injustiça. Passou a temer, a cada vez que a porta do quarto se abria, que entrassem e o arrastassem para fora a golpes de porrete. Muitas vezes desejou que viessem logo. O carro parava em frente ao portão, uma pequena aglomeração na calçada. Pagava a corrida ao motorista antes de abrir a porta. O ex-sogro gesticulava no meio do tumulto, gritava selvagem assim que o via, atiçava a matilha. O vizinho do 8D, com quem sempre brigava pelo volume do som, era o primeiro a dar o bote. O arrancavam do carro na porrada e o cobriam com chutes de bico de coturno. Os dentes esparramavam no asfalto e uma pasta amarronzada escorria de seu rosto preguiçosa feito mel. Incapaz de se levantar, sem distinguir palavras em meio aos gritos, observava a multidão em câmera lenta, o cercando. Todos nele. Até não passar nenhum fio de luz. E as sirenes fazendo-os dispersar, enfim, espedaçado, não mais que um amontoado de carne. Mas vez ou outra conseguia se esquivar, protegido pela porta do táxi, e, com um movimento ágil, roubava um porrete; e não restavam crânios intactos.

Não dormia. As janelas vedadas o mantinham na escuridão, apenas a luz azulada por baixo da porta. O relógio marcava quatro e trinta e oito. A língua pegajosa incomodava, tinha sede. Apoiou no cotovelo e apertou o interruptor da luminária que se esticava da parede. Nada na mesinha de cabeceira. Precisou de força para se erguer na cama deixada na horizontal. Se escorou na barra, soltou a perna do suporte e pegou as muletas. O movimento era arrastado, primeiro as muletas, o salto e o apoio no pé bom, de chinelo, a outra perna dobrada em noventa graus; e as muletas. Encheu o copo plástico e deu goles de alargar a garganta. Repetiu e enxugou o queixo com o dorso da mão. Em pé, estava mais confortável. O risco azul iluminado no chão o incitava

— o buraco na árvore por onde escapuliu o coelho de Alice. Nada o impedia de abrir aquela porta. Deu no corredor comprido, a saída de emergência numa extremidade e uma janela que ia do piso ao teto na outra. A cor que se metia sob as portas vinha das lâmpadas finas enfileiradas no teto que tingiam tudo, o linóleo, as barras parafusadas nas paredes, os dispensadores de álcool gel, o extintor de incêndio, como um filtro. Não havia curvas, não havia vento, nem barulho, a temperatura sempre igual. Molas eram responsáveis por manter as portas fechadas; no meio, onde as pares se encontravam com as ímpares, dois elevadores que nunca chegavam sem avisar — o *dling* se fazia ouvir o dia todo, no andar todo, inclusive por trás das portas fechadas —, nada de surpresas. Estático, controlado. E ele era parte disso, com sua calça verde-água de amarrar na cintura e a camisa de abrir pelas costas. Escolheu o sentido da janela. Passeou pelo corredor deserto da madrugada, as borrachas na ponta das muletas travavam no piso, os ferros forçavam suas axilas apesar da espuma. Tinha a respiração dura, o coração nervoso.

Atrás do balcão, isolada por uma lâmina de vidro, trabalhava a enfermeira que ele mais gostava, conferia dados no monitor e anotava na prancheta com a caneta atada a um fio espiralado. Tinha mais de quarenta, com certeza, cabelos ruivos-tinta, sobrancelhas juntas e nariz fino e pontudo — torto, ligeiramente. Nem bonita, nem feia. Aparecia no seu quarto várias vezes por dia, era ela quem lhe ministrava os analgésicos nos momentos críticos; sentia vontade de lhe segurar pelo braço toda vez que pressentia que ela ia sair. Ela sorria para ele.

"Você está bem, Guilherme?" Espichou o rosto por cima da tela e piscou, registrando sua passagem feito uma catraca.

"Preciso me mexer um pouco."

"Não abuse, você deveria estar na cama", disse ela gesticulando, com dedos que não apontavam a lugar nenhum.

No final do corredor, ele encostou a mão no vidro que mantinha a desordem apartada — embaçado pela diferença entre a climatização e a realidade. Embaixo, na rua vazia, sinaleiras amarelas e vermelhas nas saídas das garagens giravam para alertar pedestres que não andavam, dormiam; em cima, onde esperava o céu, fumaça; no horizonte, concreto. A escuridão cobria a cidade que resistia às trevas com o pontilhado de luzes elétricas. Tirou a mão do vidro e observou a estampa dos dedos sem a palma desvanecer. Foi lá, do outro lado, que viveu sua vida inteira. Era lá, do outro lado, que o queriam morto. Girou no eixo da muleta e iniciou a volta pelo mesmo e único caminho. Perto do balcão, algo destoava no chão asséptico. Apoiou as muletas na parede e se abaixou. Um sapatinho de boneca, provavelmente sem importância, deixado por uma menina, como ele, naquela noite, naquela curva. Se levantou, e as mãos que buscavam apoio na muleta se enroscaram no vazio. A enfermeira rodopiou à distância, queria lhe falar, tudo era tão etéreo. O homem saiu pela porta com a plaqueta de radioatividade. Guime viu seus olhos através dos ossos estampados na radiografia que ele segurava diante do rosto; o peito protegido pelo colete de chumbo. A imagem chegou enviesada, lhe pareceu que largava o acetato e avançava em sua direção. A enfermeira e o homem, a plaqueta, o chumbo e os ossos se fundiram num borrão, sua pressão se esvaiu, um balão sem nó.

O enfermeiro o acordou antes do sol.
"Andou aprontando ontem à noite", disse. A cara de Guime era de vergonha, não se lembrava do fim do passeio.
"Hoje vai tomar banho sozinho."
"Não consigo, mal fico em pé."
"Ordens médicas. Trouxe uma proteção impermeável para o gesso."

A perna recoberta pela capa ficou fora do chuveiro, o torso tombado na parede, apoiado na barra de metal. O enfermeiro observava e contribuía com palavras de incentivo. Fora ele quem desempenhara essa função na última semana, transportar, lavar, enxaguar, fazer curativos; mas o médico decidira que Guime não precisava mais de cuidados especiais, melhor se conformar.

"Amanhã vão retirar os pinos e os remédios intravenosos. Você vai para casa."

O táxi virou à direita na Heitor Penteado, depois do metrô, e contornou o quarteirão para ficar na mão certa da Borges de Barros. Eram dois blocos, a primeira portaria dava acesso aos dois-dormitórios e a segunda aos quarto-e-sala, unidas por uma marquise. O carro passou direto pela primeira e parou na segunda. Correu os olhos pela rua e além das grades, pelo jardim descuidado, à procura de vizinhos e coturnos.

"O senhor pode entrar na garagem?", perguntou a mãe ao motorista e, com a cara na janela, acenou para o vidro espelhado da guarita. Esperaram presos na gaiola o primeiro portão se fechar e o segundo se abrir. Ela o ajudou a entrar no elevador. Subiram ao oitavo.

Pareceu a Guime que o olho mágico do 8D havia escurecido e que uma sombra se mexia na soleira. Ficou encarando a entrada do vizinho, mas nada mais pareceu se mover. Um bafo saía pela porta de seu apartamento. Esperou, apoiado nas muletas, que a mãe afastasse as cortinas e abrisse as janelas, e, antes de entrar, conferiu o hall uma última vez.

A casa estava arrumada, o tapete sem rugas, as almofadas alinhadas na lateral do sofá, os bonecos do Star Wars na estante. No quarto, a cama feita, dois travesseiros na cabeça e dois nos pés. A televisão colocada perpendicularmente à cama num suporte improvisado. O novo celular — não seu iPhone, um Xing-Ling daqueles de dois chips — e o tablet sobre o criado mudo.

"Vou te deixar à vontade, filho, qualquer coisa, estou lá em cima. Tem comida na geladeira."

Iogurte de morango, pão, ovos, requeijão, Toddynho, queijo prato e presunto; o telegrama da faculdade preso sob a fruteira na mesa da cozinha — coisa velha, telegrama — pedia que comparecesse à administração o mais breve possível. Não compareceria a lugar nenhum, porra nenhuma, picou com o resto da correspondência, sem abrir, contas na maioria — sempre.

Ela tinha se preocupado com todos os detalhes, mas ele não esperava ficar sozinho.

Na primeira noite, somente seus temores se apresentaram como companhia. A garrafa d'água ao lado da cama se esvaziou, o sono não veio. Examinou as cápsulas e comprimidos no criado-mudo, velhos conhecidos, sabia quem eram só de bater o olho. A mãe separou aqueles de que necessitaria até o dia seguinte, porém existia um universo entre a receita médica e seus desejos. Havia bolas mais interessantes na bolsinha com o arsenal químico que ela trouxera da farmácia. Tomou dois comprimidos de Frontal. Antes de se deitar, precisava passar pela porta de entrada, abaixar outra vez a maçaneta, forçar a chave para a direita, testar a correntinha, espiar o hall escuro pelo olho mágico. Ao entrar na sala, sentiu as muletas não acompanharem o corpo. Permaneceu vários minutos na mesma posição. Estatelado. A perna doía, o quadril, a primeira parte a acertar o chão, também. O peito ganhou um vergão no choque com o alumínio da muleta. O assoalho de tacos espelhava o esboço deformado de seu rosto quando o ar quente de suas narinas batia e voltava na madeira. Coração e pálpebras descontrolados até a respiração arrefecer. Não havia apoio, uma muleta foi parar na cozinha, além do fio do abajur esticado no caminho; a outra, a que o atingiu no peito, ao pé da janela, irremediavelmente distantes. Cacos de vidro no assoalho. Ergueu o tórax, os braços. Se arrastou até a estante. Com os dedos travados na madeira e a perna boa, tentou se erguer raspando o peito no móvel. Faltavam forças. Os músculos tremiam, o rosto queimava. Queria gritar. Se esforçou para se manter preso à prateleira até que, incapaz de conter a frustração, se deixou escorrer até o piso e explodiu em um choro convulsivo.

    Ninguém apareceu, ninguém ouviu, ninguém se importava, provável até que tenham gostado.

Foi no chão que a mãe o encontrou pela manhã. Não a ouviu entrar e quando acordou, a culpa já a havia possuído. Um caco de vidro cortara de leve seu calcanhar, nada grave, mas as manchas no piso eram sangue seco. A reação da mãe foi de pânico. Ele assistiu impassível. Era a primeira vez que a via dessa maneira desde o coma, a aflição lhe entortava as feições e arregaçava os olhos. Gostou de vê-la assim.

Ela o deitou na cama, lavou o corte com água boricada, fez o curativo. Puxou a coberta. Ele aceitou em silêncio. Ela beijou sua testa, mais calma, acariciou seu braço.

"Por que vocês estão fazendo isso comigo, mãe?"

"Isso o quê, filho?" Afastou a mão.

"Me punindo."

Olhou para ele assustada. "Ninguém está te punindo." "Não? Me largar aqui, depois do que eu passei. Não? Não é punir?"

"Não é bem assim, filho. A decisão não foi minha." Procurou reaver seu braço, mas desta vez, foi ele quem se afastou. "Sabe como o seu avô é com esse negócio de drogas. Saiu em tudo que é lugar. Paciência." Já estava em pé e zanzava de um lado a outro. "Ele está mal-humorado. Não é difícil só para você. Vai passar, só não é hora de eu me indispor com ele." Guime não suportava mais esse empenho dela em camuflar a verdade sob a mesma ladainha piedosa, cada palavra condescendente só aumentava sua irritação.

"Está difícil para todo mundo, mas é ele quem manda, né?"

"É, é ele quem manda, sim. Os apartamentos são dele. Nem meus, nem seus. Dele." Agora, enfim, ela também gritava.

"Foi um acidente, você não falou para ele que foi um acidente?!"

"Não. Não falei nada. Só estou tentando tocar a vida adiante depois dessa merda toda", disse ela de saída, uma mão na testa e a outra na maçaneta.

Daí em diante, entre eles, se instaurou uma nova dinâmica: 'fingimos estar tudo bem'. Ele passava a maior parte do tempo na cama. Encontrou refúgio na mesma rede que o odiava, num portal onde se podia entrar sem que perguntassem nada, frequentado por pessoas avessas a respostas. Jogava pôquer gratuito no tablet. Juntava e perdia milhões; e recomeçava. Nem se dava ao trabalho de abrir as cortinas. O dia e a noite se confundiam, marcados pela troca dos adversários na mesa, Dublin por Beirute, Moscou por Nova-Delhi, Hong Kong, Manila, Detroit ou Bogotá e a mãe, pelo fisioterapeuta, por Zezé.

A mãe aparecia, sentava perto e discorria sobre catástrofes, contratempos de celebridades ou de vizinhos. Nenhuma palavra sobre o avô ou a irmã. Ele respondia com meneios de cabeça e uhn-uhns. Ela se levantava e beijava-lhe a testa. Voltaria no dia seguinte. Meia hora que ela encaixava na rotina, meia hora que ele olhava o tablet de esguelha. O fisioterapeuta chegava às dezessete, arrastava a mala de rodinhas com pesos e tiras elásticas, retirava o colchonete de baixo da cama e fazia com ele uma hora de exercícios. Quando não vinha, cabia a ele fazê-los sozinho, mas o desânimo o dominava na maioria das vezes. Zezé aparecia de segunda a sexta e ficava bastante. Lavava a louça, o chão, banheiro e cozinha, papel higiênico... e retirava seu lixo enquanto ele aguardava na cama. Abria as janelas para ventilar e as fechava antes de partir, assim ele as queria, fechadas, não só pelas obras, aviões de cinco em cinco, ou pelos vaps, nem pelas buzinas ou o foguetório em dias de jogo, não suportava mesmo eram as vibrações ritmadas das festas em outras janelas, ou pior, o trinado dos passarinhos nas gaiolas do zelador. Quando vinha, ela cuidava do almoço e do jantar que preparava na casa da mãe dele; nos outros dias, ele se virava com os diversos potinhos que as duas deixavam na geladeira. Entrava e saía, e ele nem desgrudava o rosto da tela; ela parecia não se importar, cuidava dele desde criança, fazia tudo do jeito que ele gostava. E se cruzava os olhos com os dele, sorria e apertava entre os dedos a Nossa Senhora prateada que levava no pescoço.

Em um dos muitos momentos de tédio, decidiu visitar o site de apoio que a enfermeira ruivo-tinta lhe recomendara no dia de sua partida, um lugar onde as pessoas se expunham e se confortavam, um refúgio para espantar a solidão. Contou sobre o acidente, mas omitiu seu nome e evitou falar sobre o toxicológico. Ainda era cedo. Escorado em palavras de conforto, aos poucos, foi deixando de sentir pena de si. Passou a encarar seus males como uma circunstância, uma oportunidade de reflexão e amadurecimento, uma fase que iria se encerrar e da qual sairia fortalecido — o que não nos mata... —, 'tal e qual um ano sabático', estava pronto a explicar assim que perguntassem, a quem quer que fosse. Definiu uma rotina de alongamentos e exercícios físicos — e quanto melhor se sentia, mais abandonava o site de apoio e se dedicava ao aprimoramento da jogatina virtual. Ganhou cor; a musculatura, apesar de muito distante do que havia sido, mostrava alguma memória, nas pernas, no abdômen, nos bíceps; abria o armário com espelho dentro, achava graça nas cicatrizes em forma de bolinhas no tornozelo, seus pontos cardeais. O gesso foi substituído pela tala, a muleta pela bengala. Ainda enfrentava a dor e a rigidez, mas já conseguia circular pelo apartamento com certa desenvoltura. As cortinas podiam ficar recolhidas, e ele não mais temeu se expor na janela. Passou a gastar um bom tempo apoiado, observando o movimento, começou a sonhar com a liberdade dos pedestres e até com o avançar modorrento dos carros. A vida encontrava um eixo; menos em um ou outro final de semana, quando por vezes passava um dia inteiro sem ver um rosto, e as horas ficavam gordas, e a melancolia o puxava pelo rabo.

"A madrinha emprestou o apartamento", avisou a mãe na sexta à noite, carregada de sacolas do supermercado. Iria ao Guarujá passar o feriado com Laura, precisava descansar. Não que lhe fizesse companhia, mas era bom ver alguém, qualquer um, mesmo que por pouco tempo. Teria quatro dias sem visitas pela frente, e o desamparo que imaginou que sentiria o atacou antes mesmo da mãe terminar de falar.

No sábado de manhã se arriscou até a portaria para receber a capinha de celular que tinha comprado pela internet. Desceu pelo elevador de serviço, pegou o envelope e voltou. A incursão foi um sucesso.

De tarde, seus passos cobriram todo o piso do apartamento. Encontrou detrás dos copos na cozinha a caneca com asa de orelha do Mickey — possivelmente, a última reminiscência da excursão à Disney. Fuçou gavetas atrás de algo velho que fizesse sentido. Lápis apontados até o talo; ingresso do Led Zeppelin; diploma do bungee jumping do guindaste da Sumaré; um dos santinhos da sua primeira comunhão, vinte e oito de outubro, São Judas Tadeu. Duas fotos esmaecidas no papel grosso com bordas brancas da Polaroid, numa, a garota uruguaia de sua classe com quem passou uma tarde na casa de bonecas camuflada entre as plantas no fundo do quintal; na outra, ele e Laura no capô do Voyage, o pai no meio, cada braço segurando um filho. E bugigangas. Esfregou o fundo vazio da gaveta, a maior parte de suas memórias não se achava ali — abrira mão ao cancelar suas contas na rede —, se ainda existissem, não lhe pertenciam mais, estariam gravadas num disco rígido de nuvem enterrado numa ilha remota na Escandinávia, ou num prédio robusto com janelas lacradas num subúrbio de Bangalore, ou em qualquer outro mundo distante.

Jogou tudo no lixo.

Parou na janela aberta e se escorou no guarda-corpo. As luzes coloridas piscavam no topo da Paulista. A distância até o chão era considerável, o suficiente para matar um gato. Na esquina, lá embaixo, o vaivém de pessoas na porta da padaria: umas com sacolas, ou com crianças, ou cachorros, desacompanhadas, casais, com pressa e sem. É aonde irei amanhã, pensou.

A qualidade de suas noites variava — afetada pelo sono da véspera e da tarde, a dosagem dos remédios e a ansiedade, que podia atacá-lo com maior ou menor intensidade, mas sem tréguas —, uma foi especialmente ruim. Ainda não havia nenhum processo, nem da família dela, nem do Estado. Qual seria a dimensão de seu crime? A extensão de sua pena? Não sabia, por hora, só a sombra das consequências, e o medo da sombra; e a angústia, e a inquietação. Demorou entre a vigília e o sono, e foi conduzido pelas costas do braço por corredores que terminavam em escadas, e escadas que terminavam em corredores, até uma porta larga de duas folhas, com uma escotilha em cada, que ocupava todo o fundo do último corredor, no subsolo. Esperou quem o conduzia abrir. Ela vestia avental branco, calçava luvas. A sala com lâmpadas antigas de filamento oferecia uma luz hesitante, e o ar estava impregnado pela memória dos que tinham passado a noite ali. Rente ao teto, alguns basculantes retangulares com um palmo de largura, por onde, se passasse alguém, seria possível lhe ver as canelas. Dois pendentes velhos criavam ilhas de luz complementar sobre as macas de inox e instrumentos cirúrgicos brutos. Escondidas na penumbra, doze gavetas. Três na vertical por quatro na horizontal. Apenas uma com um cartão amarrado no puxador por um barbante trançado de branco e vermelho. A responsável o posicionou ao lado da gaveta e indicou com a mão espalmada que a abrisse. Fazia frio e uma névoa se formava diante de sua boca quando respirava. Esfregou uma palma na outra, agarrou o puxador com as duas mãos e fez força. A gaveta ofereceu resistência e depois saltou de uma vez, o ferro rugiu contra o ferro. Ela segurou o zíper que ia de uma ponta à outra do saco preto e os dentes de plástico se distanciaram como num rabicho deixado por um barco no mar. Guime cerrou as pálpebras. 'Abra os olhos', foi o sussurro atrás de seu ouvido; e ele virou o rosto. Era a garota uruguaia quem sussurrava.

Acordou com um grito sufocado, como se o tubo ainda ocupasse sua garganta. Sentou na borda do colchão e puxou o edredom feito uma capa. Apertou as maçãs do rosto, esfregou as palmas das mãos na pele suada, com força, espremendo a carne.

Tentou apagar a agonia do rosto com água e sabão. Vestiu um jeans e uma camiseta preta e resgatou do fundo do armário um tênis que nunca usava, o único não colorido. Meteu os óculos escuros e tomou o elevador, a bengala entre os dedos. Pediu com um aceno que abrissem o portão.

Na calçada, se achava seguido, se virava na direção do menor movimento. Uma codorna acuada.

A padaria estava lotada. Apertou os óculos com o indicador. Abaixou a vista — sapatos, tênis, sandálias — e atravessou. Entrou na fila. Compraria pães e queijo. No alto, no canto da parede, o monitor mostrava o movimento do balcão, cabeças estranhas vistas de trás; perto da mais alta, um cabelo azulado igual ao da senhora à sua frente. Esfregou a nuca e viu o movimento se repetir na tela. Sentiu o ar rarefeito. Sem tirar a mão, girou o pescoço e achou a câmera pendurada; desviou e seus olhos deram com os da loira em roupa de ginástica, baixou o rosto; todos o olhavam, o casal com o bebê, o homem do jornal, a mulher de cachecol, os namorados, o garçom, o chapeiro, o lulu branco empinado na coleira perto da entrada. Disfarçavam se percebiam seu olhar. Estava prestes a gritar: 'Sim, sou eu. Sou eu!'

O cabelo azulado se deslocou. Uma voz distante chamava. "Moço... Moço."

Não se lembrava de como havia chegado ali. A atendente surgiu num velho slide, uma troca seca entre dois mundos. E tortas vermelhas, doces amarelos, fatias lambuzadas de bolo.

"Meia dúzia desses e um queijo minas." Apontou os pães franceses. Nada havia dito até então e sentiu a língua pastosa, afogada na saliva grossa.

Movia os olhos aflitos do monitor à moça que enfiava os pães no saco de papel. Ela largou a pinça no balcão, pressionou as pontas do saco pardo com os dedos e o fez girar, subindo, descendo; colocou com o queijo numa sacola plástica. Guime a pegou e apertou contra o peito, só se mexeu quando a atendente chamou o próximo. Sentia vertigem; o estômago, um trapo velho retorcido. Se virou. As pessoas comiam, conversavam, devaneavam, liam e até riam. Da porta, procurou uma última vez o monitor, sua cabeça não aparecia mais.

Deixou as compras na cozinha e voltou à sala, observou as janelas à distância. Se aproximou e fechou as cortinas. A meia luz trouxe aconchego, pegou o tablet e se deitou no sofá. Sapeou as mesas disponíveis, escolheu os adversários e entrou. O rosto se iluminou com o verde-feltro da mesa virtual. Retomou o isolamento, esperando os dias se derreterem na rotina.

Depois de seguidas manhãs nubladas que o enchiam de desânimo, acordou com um sol delicado banhando as janelas. Emanava um ar de calmaria, uma sensação de que enfim as agruras dariam um refresco. Antes que a mãe ou Zezé aparecessem, passeou com a bengala pelo apartamento. Escolheu um mangá na estante e foi preparar o café.

Tomou os medicamentos prescritos com suco de uva; até esses diminuíam. No chão, rente à porta, o envelope com o timbre do exército. Fez um esforço e se abaixou. Comum chegar correspondência do avô, afinal era ali que ele morava antes do diabetes piorar; antes de trocarem de casa. Deixou na mesa, uma das mulheres levaria.

Zezé não veio. Não costumava faltar, talvez doença. A mãe chegou depois do almoço, mais tarde do que costumava. Guime largara o tablet e assistia na TV a um episódio de Breaking Bad. "Passei a manhã preparando a casa. Os amigos do seu avô vêm jogar uíste", ela disse. "Ele não queria ver ninguém", continuou, dando a entender que o pai também sofria. Ele balançou a cabeça sem dizer nada.

"Já fez a fisio, filho?"

"Uhun."

"Fica bem, estou atrasada. Se precisar, chama."

"Tá."

Durante a tarde, terminou o resto da temporada, cinco episódios. Ao anoitecer, o ar fresco empurrava as cortinas. Resolveu fazer um sanduíche. Deu com a carta do avô esquecida na mesa. Seria urgente? A ida à padaria lhe pinicava o espírito, mas não suportava mais o confinamento. Levaria o envelope; não mais que uma andada até o bloco vizinho e um passeio de elevador; enfiaria debaixo da porta, como o zelador fazia.

Andar era bom. A rua que via através das grades estava mais vazia que nos finais de tarde, o verde do jardim mais volumoso. A noite já não transmitia a leveza da manhã, mas as luzes aprisionadas por nuvens escuras também tinham seu encanto. Não encontrou ninguém entre o seu bloco e o outro. Contornou o salão de festas até a entrada de serviço. Esperou o elevador acompanhando a contagem no mostrador — o risquinho de baixo, da esquerda, que compunha o oito... o seis... o dois... estava queimado.

Antes mesmo de chegar, foi fisgado pelo som melancólico do piano. O mesmo prelúdio, gravado nele nota por nota, praticado pela irmã até o erro e outra vez, por horas, dias. Era o piano da avó — tocava muito bem, diziam, ele nunca ouviu, ou se ouviu, não se lembrava —, depois foi da mãe — mas não levava jeito —, e agora da irmã, Laura; o abandono que mais lhe doía. Jogou a carta por baixo da porta. Não se moveu. O temporizador deu sua medida e a luz, da mesma forma automática que se acendera, apagou. Silêncio, palmas, e o recomeço. Escutava no escuro, de olhos fechados. Teria aquilo de volta, em breve, já sabia, bastava dar tempo ao tempo. Apoiou a mão na maçaneta, distraído. A porta destrancada se abriu e ele avançou. A cozinha estava vazia, a porta que levava à sala, aberta. A mãe tricotava de costas na poltrona; o vaivém dos cotovelos. Era só o que podia ver. Deu um passo ao lado e se espichou. A casa estava diferente, a ráfia deslocada para acomodar a mesa, quatro cadeiras e, no canto da sala, o carrinho de chá com os copos, a jarra d'água, o amendoim e o tremoço. O avô e os amigos do clube dos oficiais recostados nas cadeiras, óculos escorregados nos narizes, o baralho na toalha, observavam a aprendiz retirar Chopin do piano. Laura não tocava bem, mas pareciam ignorar.

Jamais cogitara desafiar o avô e nem imaginariam que o fizesse, talvez por isso, e por todas as atenções estarem voltadas para a irmã, não notaram sua presença.

Não fosse o barulho provocado pela queda da bengala, a vida teria seguido um curso diferente.

Laura se assustou e parou de tocar. O rosto de Guime emoldurado no batente. Os convidados se encararam, decerto na esperança de que alguém lhes dissesse o quão inadequada era aquela presença. A aparição abalou o avô, alternava o olhar entre o neto e os amigos. Por fim, o espanto na cara dos convidados detonou sua indignação; a incompreensão de uns alimentava a dos outros. O avô se ergueu derrubando a cadeira e, com a mão tremendo diante do rosto, começou a disparar uma saraivada de insultos que não ofenderiam quase ninguém, mas para quem o conhecia — caso de Guime —, davam a grandeza de sua mágoa. "Leviano, estúpido, cavalgadura." — o último era reservado àqueles que mais desprezava. Guime não deveria estar ali. Existia um pacto que acabara de romper. Ignorando a dificuldade, se curvou, pegou a bengala e, sem ousar responder, saiu em direção à porta de serviço que havia deixado aberta. O elevador não estava mais. A voz do avô crescia às suas costas; apesar de ter progredido com a fisioterapia, na corrida entre os debilitados, era o outro que levava vantagem. Alcançou o botão de chamada e começou a pressioná-lo com insistência. Suas pernas ficaram moles, a pulsação acelerada na mão. Arriscou uma descida cadenciada pela escada — a bengala, uma extensão do corpo —, mas ainda lhe faltava prática com movimentos ousados. A porta entreaberta foi escancarada e o avô surgiu contra a luz que explodiu no hall. Quis acelerar, mas sua perna não respondeu como costumava. Procurou o degrau no qual pretendia apoiar a bengala e ao voltar o rosto, o avô se encontrava sobre ele, as pálpebras piscando desembestadas. Tão perto que sentiu o calor de seu bafo.

"Sua mãe não falou para não aparecer aqui?"

"Desculpa, Vô. Estou indo embora." Teve o impulso de empurrar-lhe o peito que crescia, mas segurou o corrimão e baixou um degrau; tão atabalhoado que quase caiu. Se equilibrou, deu as costas, retomou a descida.

"Desculpas? Você enlameou a nossa família."

"Foi um acidente", respondeu sem se virar. Mais um degrau.

"Acidente acontece sem querer. Não foi o caso."

"Já entendi, Vô. Estou indo." A paciência encurtava, a bile montava na garganta.

"Você tem que pagar pelos seus erros, moleque", gritou o avô.

"Fica tranquilo, Vô, estou pagando." Parou e se virou. Por trás do avô, rostos se amontoavam, toda a plateia: a mãe assustada e a turma da caserna; a irmã movia a cabeça de lado, os lábios afinados pela pressão. Guime a chamou com a expressão do rosto para que intercedesse a seu favor, mas ela tinha os olhos tão insondáveis quanto uma janela embaçada.

"Tranquilo? Depois do que você fez?"

"O que te incomoda não é o que eu fiz, é você imaginar o que esses seus amigos têm falado pelas suas costas", encarou o Major; agora operavam na mesma temperatura.

"Cala a boca! Eu não admito desrespeito!"

"Então me respeite também!"

"Egoísta. Ingrato, é o que você sempre foi."

"E você, um velho hipócrita! Nunca fez porra nenhuma e vive apontando o dedo." A porteira estava aberta, as mágoas escapavam e, se a mãe não tivesse interferido, só cessariam muito além dali, quando o calor da fúria os tivesse consumido.

"Não fala assim com seu avô, Guilherme!"

O avô mal podia respirar, a cara arreganhada, os punhos de boxeador, a pose no brejo.

"Saia daqui, moleque! Não apareça nunca mais! E saia do meu apartamento. Em casa onde eu pago as contas, não mora vagabundo!"

"Vou sair sim, bem rápido."

"A vida vai te ensinar a ser homem!"

"Pois é, para você é tarde. Velho", disse já no andar de baixo, de costas, antes de sumir na curva da escada.

"Vai embora, Guilherme! Vai embora!", gritava a mãe.

"Sai da minha frente senão eu te arrebento, moleque!"

No térreo, sentou no banco sob a marquise. A garoa fina chegava entortada pelo vento. Podia ouvir o burburinho na varanda e as vozes trovejantes dos amigos do avô. Tremia em descontrole, chorava e odiava como só se é capaz de odiar os seus.

Terminou a noite sob a laje, deitado no banco, as costas com as marcas das ripas de madeira. Se recolheu ao apartamento, sem ter aonde ir — duro e radioativo —, aguardaria o despejo.

Não abriu mais as cortinas, nem tocou nos interruptores, a geladeira esvaziava à medida que cresciam a louça suja e o lixo. No primeiro dia atendeu à campainha, não viu ninguém, encontrou comida no chão. Durante três dias, a comida continuou a aparecer — só podia ser Zezé, bem cedo — e nada mais passou por aquela porta. Os únicos contatos com o exterior eram pela rede, uns poucos estranhos que se deixavam capturar por outro estranho; sem poder se expor, criou perfis falsos, espionava sua vida passada como um voyeur e construía uma nova como um personagem. Sem ter uma existência na qual se apoiar, voltou ao pôquer e se empenhou em recuperar a fortuna virtual, refugiado na ilusão de que algum acontecimento imprevisível lhe traria de volta os afetos perdidos.

Uma nesga de luz penetrava o quarto pelo canto mal fechado da cortina. Passava das nove. Jogava na mesma mesa ao menos há doze horas. Sentia a maré de sorte, as fichas não paravam de aumentar. Jantara qualquer coisa na cama; quando foi ao banheiro, levou o tablet. A vista ardia, precisava de um café, mas não resistia à tentação de ver as próximas cartas que o algoritmo liberava numa pulsação frenética.

Recebeu dois ases. Os dois jogadores à esquerda passaram, Lao Li apostou cinco mil. O turco saiu e o fanfarrão Kiriakos dobrou. Mandou vinte. Todos pagaram. A primeira carta da mesa foi outro ás. Dessa vez foi Lao Li quem mandou vinte, Kiriakos aumentou para cinquenta. Com a mão praticamente ganha,

Guime escondeu o jogo, só pagou. A barriga roncava, as palmas das mãos grudentas. Apenas os três prosseguiam, os outros jogadores haviam desistido. Ia terminar a partida, recolher as fichas, tomar café da manhã e dormir. Abriu uma dama. Lao Li passou. Kiriakos mandou cem mil, Guime dobrou, Lao Li pagou. A terceira carta na mesa foi um dez. Kiriakos continuava mandando, aumentou para trezentos. Guime dobrou, Lao Li pagou. Apertava o tablet entre os dedos, antes jogado no travesseiro, agora sentado. Veio um oito e, mesmo assim, a história se repetiu, Kiriakos mandou alto, ele dobrou, Lao Li pagou. A última carta a virar foi outra dama. Guime fez um Full de ases com damas, sentiu o gosto da vitória. Lao Li passou, Kiriakos mandou um milhão e Guime apostou tudo, All In, os mais de seis milhões que juntara nos últimos dias. Lao Li pagou. Kiriakos correu. Na mão de Lao Li, as outras duas damas. A quadra dela levou tudo. Pelo chat, Lao Li agradeceu em inglês, a carinha amarela sorridente. O marcador sob o seu avatar mostrava 0,00 em vermelho.

No banheiro, ao lado da privada, apenas o canudo de papelão. Entrou no chuveiro e deixou a água quente escorrer, depois, sem se enxugar, enrolou a toalha na cintura. Ficou dando voltas até parar de pingar, criando um rastro molhado que começava no azulejo e rabiscava o taco da sala, como a viagem de um bicho geográfico. Se deitou no tapete com o rosto entre as mãos. Apesar da noite virada, o sono se fora, corroído pela adrenalina e o coice da derrota.

Preparou um sanduíche. Se vestiu e decidiu sair, se aproximar do portão, da rua, desceu para o banco da marquise, o olhar perdido. Uma carcaça oca.

"Bom dia, Seu Guilherme."

"Bom dia", respondeu sem abrir direito a boca. Não percebera Fausto, o faxineiro que vinha do bloco sul com um carrinho abarrotado de traquitanas.

"O senhor perdeu..."

"Não perdi nada."

"O Major ia botar o prédio abaixo. Queria tirar o carro, mas quase tirou foi a coluna. Foi por um tantinho assim." Mostrou a gravidade da manobra aproximando os dedos.

"O Santana?", disse, por não lhe ocorrer nada melhor.

"É. Nunca tinha visto aquele carro sair, não. Achei que nem andava."

"Ele tinha parado de guiar."

"Pois voltou. O Major é um cabra danado. Tem medo de coisa nenhuma."

Guime nem respondeu. Cabra danado? O Major era danado? Fausto continuava a falar, ele não prestava mais atenção, apenas via o faxineiro gesticular na sua frente, empolgado como se visse o mar pela primeira vez.

"Saiu sozinho?"

"Foi todo mundo."

"Minha mãe também?"

"É, Dona Regina mais Dona Laura."

Ficou ainda uns minutos no banco, o apartamento vazio da mãe cintilando na cabeça. Danado... Iriam conhecer o danado.

Voltou ao seu apartamento o mais rápido que pôde. Pegou o chaveiro do gancho na cozinha e tomou o rumo da casa da mãe. Abriu e foi direto ao seu antigo quarto, agora do avô. Puxou a terceira gaveta até o limite, enfiou a mão por trás das cuecas. Tirou a caixa de madeira com trinco de latão, recolocou as roupas no lugar e desapareceu. Em casa, arrombou a caixa com a chave de fenda. Mil e quinhentos reais, seis mil e novecentos dólares, e o relógio.

Subiu na banqueta e abriu a porta superior do armário. Tirou uma sacola azul de lona, não muito grande, uma que não virasse um estorvo na hora de se locomover e, sem se importar com o que poderia precisar ou com o que gostava, a encheu até não caber mais nada. Tinha pressa. Pegou a mochila da academia e colocou o dinheiro, o tablet e, num bolsinho interno fechado com zíper, o relógio do avô. Deu adeus a Chewie e Han Solo. Faria igual ao bisavô, criança no cargueiro de Hamburgo a Buenos Aires que, por não entender uma palavra de português, desembarcou em Santos — sempre gostou dessa história. Se tornaria um exilado como ele; invisível como o pai.

De saída, sem querer, pisou na embalagem deixada no chão, estourou o alumínio e fez com que a comida se esparramasse no piso. Certamente seria Zezé quem limparia, era sempre ela, pensou. Olhou a porta às suas costas que nem se dera ao trabalho de trancar, depois a janelinha do elevador que se abria, e partiu arrastando a sujeira grudada nos pés. Que se fodam.

Segunda parte

"É o baixinho." Apontou assim que o táxi virou na Líbero Badaró, um prédio de quatro andares tão pequeno que mal aparecia, se recordava dele por ter ido até lá com o avô. Pediu ao motorista que o aguardasse. Viu a agência de turismo na calçada oposta, o adesivo de câmbio na vitrine, titubeou, mas preferiu o predinho: o avô saberia. A porta era alta, de ferro com quadrados de vidro. Empurrou. Não abriu. Acenou ao porteiro, que indicou o interfone.

"Meu avô me mandou aqui. Estou em dúvida, acho que é senhor Alion, segundo andar."

"Qual o seu nome?"

"Guilherme Alonso." Pela última vez, pensou. Dali em diante, seria Guilherme Ramos.

"Um instante." O porteiro apertou o botão e um *buzz* liberou a fechadura. Um lustre de bronze ocupava boa parte do teto do saguão. Piso escuro, a passarela vermelha encardida seguia até a escadaria. Cheirava a mofo.

"Terceiro, trinta e quatro", disse o porteiro e indicou a escadaria.

"Não tem elevador? Minha perna..."

"Você quem sabe", respondeu, e apontou a portinhola camuflada no lambri. O elevador parou com um tranco, os pisos desalinhados. Na entrada do trinta e quatro vigiava o olho digital. A porta levava a uma antessala.

"O Senhor Alion vai te atender", ouviu do interfone ao lado do vidro fumê. Duas poltronas vazias e mais quatro câmeras no teto. Aguardou em pé. Outra porta, outra sala, mais três cadeiras ocupadas por três caras grandes; os cumprimentou. Não responderam. Um se levantou, abriu a última passagem e indicou que entrasse. Alion tinha cabelos grisalhos, papada flácida e pelos na encosta do nariz, vestia paletó claro e gravata borboleta com cavalinhos bordados. Uma figura peculiar em quem o corpo e o figurino não se conciliavam, pareciam não pertencer à mesma época, nem ao mesmo espaço, aliás, a lugar nenhum. Falava ao telefone. Acenou com uma mão e escondeu a boca com a outra, girou a cadeira e ficou de costas. A porta foi fechada. Guime aguardou em pé; apesar do ar-condicionado, sentia mais calor que na rua. Alion desligou o telefone e o mediu de cima a baixo.

"Que surpresa, guri. Como vai o Major?", disse esfregando as mãos. Guime se esforçou para disfarçar a tensão.

"Está ótimo. Muito bem."

"Bom, bom. Fico feliz. E esse troço na perna? Coisa feia."

"É, foi, mas estou quase recuperado."

"Bom, bom, em que posso ajudar?"

Guime tirou os dólares da mochila e pôs na mesa. Alion puxou um punhado, fez correr as notas com o dedão que nem um crupiê; aproximou do nariz.

Abriu a primeira gaveta do arquivo e converteu os dólares numa pilha de reais.

O elevador sacolejava e ele sentia nas costas os bolos de notas mal dispostos na mochila; temeu que chamassem a atenção no raio-x do aeroporto. Iria de ônibus. Seria demorado, mas não parecia ruim — um furto e uma fuga —, teria tempo de organizar os próximos passos.

Pediu ao taxista que, antes de se dirigir à rodoviária, o levasse a outro endereço, uma pequena volta, havia uma despedida, e a urgência não lhe importunava mais. Não precisava nem estacionar, apenas diminuir a velocidade. Ao passarem diante do prédio, manteve os olhos fixos no terceiro andar — as cortinas do quarto estavam fechadas como nos sábados em que ele aparecia cedo e ela ainda dormia. Dora abria a porta com o rosto sonado e retornava à cama, ele a seguia.

Viação Araguaiana, guichê vermelho e branco no final do saguão, lado direito, foi o que colheu no balcão de informações. Não existia ônibus direto para Arenópolis. Comprou Goiânia, no leito das 20:05. Por qualquer motivo que o atendente não soube, ou não quis explicar, o das 16:50 não iria sair. Teria de esperar bastante. Seguiu as placas laranjas no teto até o corredor de serviços. Através do vidro da barbearia, dava para ver duas cadeiras vazias no fundo do salão — não cortava o cabelo há muito tempo; da última vez foi uma moça que veio em casa a pedido da mãe. Faziam corte e barba com navalha, nunca tinha feito. Adorou a cadeira deitada, o rosto amolecido na toalha fervente, o *rasc* da lâmina. Pegou na banca uma Sem Limites com um paraquedista em queda livre na capa e foi sentar no boteco embaixo da escada rolante, parecia a melhor opção para matar o restante do tempo, estava vazio e as cadeiras tinham braços. As mesas mais ao fundo ficavam de frente para a televisão, as paredes eram cobertas de propaganda de cerveja. Quase pediu uma, mas achou melhor não, tomou uma Coca. Nas horas cheias, de algum lugar próximo ao terminal, soava uma campainha com uma toada longa, e nas horas e trinta, duas curtas; e assim, com o alarme ressoando dentro da cabeça, ele pôde relaxar, em quatro toques longos partiria o ônibus, no terceiro longo mais dois curtos precisaria se dirigir à plataforma. Passou o resto da tarde com os pés na cadeira da frente, folheando a revista e assistindo a um canal de futebol sem ouvir o que diziam — o rugido dos ônibus encobria o som —, dava um gole na Coca, cochilava.

Plataforma dezenove. Foi o primeiro a entrar, depois de acomodar a sacola no compartimento de bagagens. Assento dois, bem na frente. Prensou a bengala entre a cadeira e a janela, sentou com as alças da mochila entrelaçadas nos calcanhares. Os companheiros de viagem subiam carregados: bolsas, sacolas, trouxas, embrulhos. A maioria viajava sozinha; de resto, dava para presumir quem era da mesma família e quem eram os que pareciam apenas amigos; já a loira de top devia ser amante do barrigudo, bem mais nova, mas não o suficiente para ser sua filha, só ele de aliança — imaginou os dois no motel, ele arfando em cima dela —, coitada. O ônibus encheu, apenas o lugar ao seu lado restou vazio. Que bom, seria fácil dormir. Fechou os olhos, sentiu o chão tremer quando o motorista deu a partida; mas não se moveram. Escutou o silvo do ar pressurizado. Suspirou. Pelo retrovisor dava para ver o atrasado que chegava correndo. O rapaz magro e alto, cabelos encaracolados, não mais velho que ele, suava. Retirou do bolso o bilhete amassado, conferiu o assento e pediu licença. Guime, esparramado, se endireitou na poltrona e tocou a alça da mochila com a mão.

    O ônibus demorou para deixar São Paulo, encaixotado por veículos lentos que tentavam tirar os passageiros da cidade ou levá-los para casa a tempo de dormir e voltar na manhã seguinte. Observava o movimento vagaroso através de seu rosto distorcido no vidro da janela. Seria bom partir, sair das asas do avô — 'Nada mais que a obrigação' era o seu bom dia, 'Na sua idade eu já pagava as minhas contas', o boa noite. Todos naquela casa, enfim: Laura, pouco antes do acidente, o largara plantado por mais de uma hora; esqueci, ela disse, saiu com o amigo e esqueceu, se queria algo, lembrava bem. Estaria melhor assim, sem eles, sem a mãe que se metia em seus relacionamentos, que implicara com Dora sem nem a conhecer — 'Essa menina não é para você' —, que o afastou do pai. Seria dono do próprio nariz, em Arenópolis. Fechou os olhos, mas não dormiu, apenas pousou as pálpebras no desassossego.

O ônibus encostou no posto perto de Jaboticabal por volta da meia-noite. Apesar dos fones brancos ciciarem nas orelhas, o vizinho de cadeira, olhos fechados e uma mancha babada onde a boca se aproximava da camiseta, parecia dormir. Tentou passar por cima sem o acordar, acabou esbarrando nas pernas dele, que as encolheu. Guime agradeceu. Foi ao banheiro; depois pediu um pão de queijo e um café preto sem açúcar.

Com o cotovelo apoiado no balcão, mordiscava o pão e dava pequenos goles no café, que por ser solúvel não lhe descia bem.

O rapaz saiu do banheiro com um andar marejante — os quadris frouxos, o tronco seguindo as pernas —, olhava o chão, puxava o zíper e se ajeitava com os dedos dentro do jeans apertado. Parou

ao seu lado. Na vitrine curva, aguardavam coxinhas amassadas, esfihas murchas e um ovo colorido. Bateu com o indicador no vidro e pediu o ovo. Agradeceu a atendente e começou a discorrer sobre a relação entre os buracos na estrada e a suspensão pneumática dos ônibus da Araguaiana. Guime olhou ao redor e não havia ninguém. Pego de surpresa, apenas arregalou os olhos. O cara estendeu o braço.
"Opa. Beleza? Meu nome é Denis."
Esfregou a gordura dos dedos no guardanapo de papel e apertou a mão suspensa no ar.
"Guilherme."
"Indo passar férias em Goiânia?", disse Denis distraído enquanto levava o ovo à boca, segurando por baixo com as pontas dos cinco dedos, as unhas compridas. Os cantos dos lábios cor de gema.
"Arenópolis."
Denis lambeu os lábios, juntou com o resto na boca e acelerou o grude garganta abaixo.
"Arenópolis?"
"É. Perto de Barra do Garças."
"*Uhn*. Legal. Toda a minha família é de Garças."

Guime queria repouso, a perna começava a incomodar, e as primeiras palavras trocadas entre eles se dissiparam; sentia a exaustão lhe esfregar a pele, amaciar os músculos. Largado na poltrona, dormiu até a próxima parada, por volta das sete. Mas com ainda cinco horas pela frente, o sol castigando na janela e o sono derrotado por esgotamento, aceitou se entregar a uma nova conversa. Denis, os fones brancos entocados nos ouvidos — talvez mudos, talvez em volume baixo —, contou histórias da infância rural em Barra do Garças e Guime foi se sentindo à vontade, a conversa mole servindo para drenar a mente que girava em falso, da gaveta de cuecas para a mochila recheada, para a cara do avô, o desgosto da mãe, a surpresa do pai e novamente as cuecas. E nem percebeu que Denis ficava cada vez mais quieto e ele começava a falar de si. Da véspera de Natal. O tender e a farofa que a mãe preparava e que Tia Alzira, irmã da falecida avó dela, completava com o peru, a maionese e o arroz de castanhas. A prima de Sorocaba com marido e filhos. Ele, Laura e os sub-primos no tapete da sala com os brinquedos tirados da árvore. O avô falava alto e, exilado na beirada do sofá da própria casa, em silêncio, o pai girava o gelo do uísque com o indicador, o olhar perdido na estante. Se fosse numa noite qualquer, o pai estaria sentado no mesmo canto, as pernas cruzadas, um livro aberto diante dos olhos, o dedão dentro, e o lápis com que sublinhava prensado contra a capa; sua mãe na ponta oposta, os pés esticados na banqueta e os olhos pregados na TV em volume tão baixo que Guime desconfiava que ela nem ouvia. Nessa hora, ele e Laura deveriam estar dormindo, mas volta e meia, ele escapulia da cama e os observava da soleira da porta até que o notassem e então pedia um copo d'água. O pai erguia o rosto e a mãe se levantava para pegar a garrafa pesada que não o deixavam segurar sozinho. Nenhuma palavra. Mas naquela noite era diferente porque era Natal — e no ano anterior, pelo menos como Guime recordava, no primeiro Natal que carregava na memória, com a casa cheia da família da mãe, o pai tirou o Dom Quixote da estante e se refugiou em seu canto; na manhã seguinte, brigaram, uma briga maior do que as que costumavam ter e o motivo, disso não tinha dúvidas, era o maluco que tentava espetar moinhos de vento. Ficou claro que no Natal deveria ser diferente e naquele ano, o pai sentou no mesmo lugar — a camisa bonita, o cabelo com gel — e se dedicou exclusivamente à garrafa de uísque e ao balde de gelo em forma de maçã verde; ia dosando no copo, mais uísque, pedrinhas de gelo, e mexia. Passou a noite com os olhos na estante, parecia ler as histórias pelas letras nas lombadas. Seguia mudo, mas dessa maneira, a mãe não parecia se importar, falava por ele; com todos, com a voz mais alta de dentro da cozinha, ou abaixando o tom ao se aproximar com comidinhas que botava na mesa de centro; sempre em movimento, em momento algum no seu lado do sofá. Lembrança nebulosa, sem início nem fim, que ele desenterrava. No dia seguinte, vinte e cinco, o pai esperou que ele, a mãe e a irmã saíssem para o almoço de restos na Tia Alzira. Ao retornarem para casa no final da tarde, encontraram o bilhete no qual o pai dizia que não voltaria. Crescido, Guime percebeu que não era despedida, nem explicação, era apenas para evitar dúvidas que os fizessem buscar respostas; que o pai não fosse tomado pelo homem que foi comprar cigarros. Deixou todos os livros com seu nome nas contracapas: Marcílio Ramos — a mãe fez questão de se livrar, que levasse seu nome também. Foi para Arenópolis, onde os Ramos costumavam nascer e morrer. Mesmo não revelado o destino, a mãe imaginou; mas só contou bem depois. Nunca se interessaram em saber sobre o pai. A fuga covarde e a caveira que a mãe e o avô plantaram em suas cabeças foram suficientes para os manter distantes.

    O primeiro sinal de que chegavam se deu com o aumento de barracos, mas o ônibus só foi estacionar na rodoviária uma hora depois, próximo ao almoço. Antes, rodou a periferia, deu voltas em espiral se aproximando do centro, como se descasca uma laranja. A cidade emergia no meio do cerrado, aumentava a densidade progressivamente com conjuntos habitacionais e sobrados com lajes que aguardavam as famílias crescerem; antenas da Sky marcavam o fim de uma casa e o começo da outra; mecânicas e borracharias sinalizadas com bonecões tremulantes; e ônibus municipais e caminhões, até a velocidade diminuir a ponto da fumaça ficar maior que o ar, e o deixar enjoado.

Denis o auxiliou com a sacola até o guichê onde comprariam as passagens da última perna.

"Que horas sai o próximo para Arenópolis?", perguntou ao atendente. Atrás dele na fila, Denis esperava sua vez; mexia no celular.

"Já saiu. Só amanhã. É um por dia, às nove." Guime conferiu no painel. Quase mais vinte e quatro horas plantado. Porra.

"Para mim, só amanhã", disse e se afastou bufando. Sentou num banco e massageou as pálpebras. Podia ver Denis de costas no guichê. Se virou e veio em sua direção, batia uma mão espalmada na outra fechada num sinal de que a conexão para Garças tampouco iria rolar.

"Parece que vamos ter que descolar um buraco para passar a noite."

Guime ia se levantar, mas Denis sugeriu que por causa da perna, ficasse de olho na bagagem, enquanto faria a ronda pelos hotéis ao redor da estação.

"Cuida das minhas coisas aí. Não vai me tretar."

Se acomodou no banco, esticou os pés sobre as sacolas e se atracou ao celular: o R do roaming; a bateria, não mais que um traço; nove ligações não atendidas, todas da mãe — certamente não por preocupação, no mínimo queria lhe apontar o dedo uma última vez, recuperar as economias do avô. Afundou nas redes sociais.

O assobio fez com que levantasse a cabeça, vinha de longe, de além do gramado e dos carros estacionados em fila dupla, da barraca que vendia um tipo de pastel, além do grupo de motoristas de táxi que conversavam em círculo à sombra; não parecia ser com ele. Voltou ao telefone. O segundo assobio veio mais estridente e, enquanto procurava a origem, escutou o terceiro insistindo que prestasse atenção. Denis aparecia no meio de uma cortina de canudos, o chamava com a mão. Ele retribuiu o gesto e apontou as malas, indicando que seria bom que o viesse ajudar. Ao lado da entrada, o valor em caneta: preço único $25. Enfiou a cara antes de passar o corpo — fora dia, dentro não. A barreira de canudos era o único contato com o exterior, de resto, cortinas pretas, lâmpadas vermelhas e brilhos de globo nas paredes e no teto, algumas mesas e um balcão de onde um homem parrudo acompanhava o movimento. Denis largou as malas e se dirigiu à única mesa ocupada. Uma cerveja aberta, dois copos e uma menina de havaianas, minissaia rosa-choque e a parte de cima do biquíni; puxou uma cadeira. Guime buscava algum lugar onde amarrar a alça da mochila. Depois que conseguiu, se deu conta de que o observavam. A música lembrava as do rádio da Zezé. Denis tamborilava na mesa em ritmo diferente, seu suingue vinha do fone de ouvido. Apareceu outra menina, saída do biombo nos fundos, que não notara ao entrar. Que idade tinha? Quinze? Catorze? — não que se incomodasse, em outro momento talvez tivesse até achado graça, só não queria estar ali; era o pai a corda no meio do rodamoinho que engolia todo o resto. Logo veio o homem, trazia um pano, a garrafa de conhaque e dois copos, esfregou a mesa e encheu o primeiro copo até transbordar. Inclinou o gargalo na direção do segundo, mas não chegou a botar, Guime tapou a boca do copo com a mão. Se mexia irrequieto na cadeira. A menina massageou seus ombros e pescoço com os dedos pequenos e, mesmo de costas, ele sentiu que todo o corpo dela se movia. A de rosa e turquesa puxou Denis, sumiram atrás do biombo. A que ficou tentou sentar no seu colo, ele cruzou as pernas, roubando-lhe o assento. Ela se esforçava em buscar seus olhos, que escapuliam como em azeite; se encontraram no susto do estouro de um escapamento de moto, ela sorriu, ele desviou.

"Tem fogo?", disse ela e levou o cigarro à boca.

"Não, não tenho."

A menina virou o conhaque num único gole, bateu o copo na mesa. De saída, parou na coluna que juntava o piso ao teto, rodopiou nela e se agachou até encostar a bunda no chão, arrastou os dedos no biombo e evaporou.

Guime perguntou pelo banheiro, o homem indicou a mesma passagem pela qual todos apareciam e desapareciam e lhe entregou a chave amarrada num toco de madeira. Pegou o que precisava na sacola e saiu com a mochila pendurada. A passagem levava ao corredor bolorento com uma única porta, ao abri-la, de volta ao dia, o sol o incomodou. A teia de aranha no batente tremia com o vento. Abaixou a cabeça. O cachorro começou a latir esgoelado na corrente. Atravessou o quintal até a casinha de madeira com um WC pintado na única porta; um para todos. O buraco do cadeado pedia jeitinho, mas aceitou a chave. Fedia. Lavou embaixo do braço na torneira e passou desodorante, trocou a camiseta e se aliviou. O cachorro ganindo.

O terreno acabava num curso d'água contido por concreto onde corria o esgoto. Procurou no céu o emaranhado de fios que uniam os postes às casas de sua memória, estavam lá, levando e trazendo, como em São Paulo, um resumo. O que o esperava em Arenópolis? Devolveu a chave. Tirou o celular do bolso, o último traço de bateria se fora, procurou uma tomada e espetou o carregador. Perguntou ao homem se podia deixar as malas por um instante. Atravessou os canudos e sentou na sarjeta, as costas encostadas ao muro, à sombra. Tirou o tablet da mochila, mas não encontrou uma rede que pudesse usar — a mulher claudicava como ele porque os sapatos não tinham a mesma altura —, abaixou o tablet — eram diferentes nos saltos, nas cores e no formato dos bicos, um aberto outro fechado —, desistiu de procurar sinal — a criança só podia ser sua filha —, se moveu um pouco para o lado de forma que pudesse acompanhá-las depois que passassem o flamboyant —, a mãe arrastava a menina franzina que ia se enroscando nos cordões desamarrados dos tênis, pelo visto estavam atrasadas, não sorriam.

Denis demorou.

"Descolei um cara indo para Garças de noite. Duzentos paus e a gente tá dentro."

Duas e meia e a lua minguando prateada. Há quase três horas, o Opala comia a poeira da estrada deserta. Tinham ao menos outra hora. A viagem incomodava: a noite mal dormida no ônibus, a tarde moscando em Goiânia, a falta de posição no banco traseiro — uma barra de metal sob o estofado sem recheio machucava sua bunda. Denis e o motorista já tinham conversado sobre o restaurante flutuante no Porto do Baé, o Vila Nova, e agora falavam sobre uma escola em Garças que conectava o primo de um ao sobrinho do outro; ele apenas pontuava quando requisitado.

"Preciso esticar as pernas", disse. Viram as luzes do que parecia ser um posto. O carro saiu à direita, o cascalho batucou na lata sob os pés. Uma casinha branca com o mesmo logotipo pintado na janela e no beiral da estrutura carcomida. Uma única bomba. O Opala encostou ao lado dela.

"Vou aproveitar e mijar. Vai abastecer?"

O ponteiro do combustível marcava pouco menos que a metade.

"Não", respondeu o motorista, "gasolina batizada."

Guime desceu, puxou a bengala e a mochila.

"Alguém?"

Não. Avançou com o rosto abaixado de modo que a areia arrastada pelo vento não lhe chicoteasse os olhos. Ninguém dentro. Um expositor com a máquina de passar cartão em cima, duas portas, a prateleira com sabonetes e repelentes, óleos e lubrificantes. O zumbido vinha da geladeira. Ao lado do calendário com a foto de um alce, o relógio marcava um horário improvável. Deu a volta no expositor e enfiou a cara na passagem iluminada, no quartinho, num pedaço de espuma, o funcionário dormia na companhia de uma garrafa de 51. Pela vidraça viu os dois lá fora, conversavam, Denis fumava um cigarro. A brasa piscou na ponta de seus dedos, passou ao que guiava, davam risada. Guime deixou o funcionário dormir, não pareceu necessário acordá-lo, a porta vai-e-vem devia ser o banheiro. Tateou a parede no escuro com medo do que poderia tocar, achou o interruptor pregado no batente acima de sua cabeça — se fosse baixinho não alcançaria. Identificou o alvo e se dirigiu a ele com pressa. Abriu o zíper, apoiou a bengala no eucatex rosão que dividia os dois mijadores, se escorou na parede e descarregou. O alívio fez o rosto relaxar, fechou os olhos, expirou forte, os lábios afrouxaram. O jato reverberou grosso na porcelana, deslocando as bolinhas azuis. Esperou o fim ainda com os olhos fechados, a cabeça mole no pescoço. Chacoalhou os braços, o corpo todo, cima a baixo. Fechou o zíper. Sentiu a porrada nas costas, perto da nuca. Caiu, bateu no eucatex e se estatelou no chão. A mão tentou segurar a alça da mochila que escorria pelo braço, puxada.

"Que caralho!" Ergueu o rosto, Denis saía apressado, o pedaço de pau numa mão e a mochila na outra. Segurou a bengala e se jogou para a frente, puxou o tornozelo dele com o castão. Denis veio abaixo. O baque da testa no piso foi oco, apagou por segundos e não conseguiu sair do torpor, pois Guime, a cavalo sobre ele, socava seu rosto; abria os braços ao máximo da envergadura e voltava, no queixo, nas bochechas, nos ouvidos, no nariz. Os punhos fechados e roxos atacando sem dó a cabeça que saltitava no cimento. Segurou-a esmagando as orelhas entre as mãos e bateu com força no piso, uma, duas, três vezes. Parou. Arfava descontrolado, pela boca e pelas narinas vazava o vapor da combustão. Os braços e pernas de Denis esparramados no chão, desconjuntados como numa boneca de pano, se moviam e paravam. O filete de sangue que escorria do ouvido tingiu de vermelho o fone branco.

Guime se pôs em pé, bruto, os lábios repuxados ressaltando os dentes, a adrenalina encobrindo a perna ruim, o coração violento nos ouvidos, na nuca, no silêncio. Apoiou no eucatex e buscou ar. Sentiu gosto de sangue. Conferiu o rosto no espelho, não mais que um corte à toa na extremidade de um dos lábios. Bochechou até se livrar da papa grossa e jogou água na cara, ajeitou o cabelo. Apanhou a mochila e a bengala com Denis sempre na mira, no chão sujo de sangue e mijo, no ar aprisionado pela falta de respiros, no bafo, se contraía em espasmos — ou seria apenas a luz cambiante da lâmpada que balançava no soquete. Seus olhos se enfrentaram uma última vez, Denis parecia pedir piedade. Denis? O que era aquilo, aquele cara estirado ali, no meio do nada? Nada, não era nada. Que acabasse no hospital ou comido por vermes, não fazia diferença. Saiu pela porta-faroeste. Procurou câmeras nos cantos do teto. Nenhuma. Botou a cara no quartinho, o funcionário roncava. O Opala dourado esperava ao lado da bomba. O motorista pareceu surpreso ao vê-lo através da vidraça, entrou no carro, deu a partida e sumiu com sua sacola no porta-malas. Filhos da puta. País de merda. Socou o balcão; e agora? Olhou ao redor: Castrol GTX, alce na neve... Pegou um refrigerante na geladeira, usou o abridor pendurado na porta, jogou a tampa longe. O Opala e a sacola já eram. Sobravam Denis e o funcionário. Melhor cair fora.

Se afastou pelo acostamento. Andava devagar, evitava pisar na sombra que a lua projetava, para que pudesse ver onde punha os pés. Percebeu a aproximação antes do farol crescer às suas costas. Ergueu o dedo e depois balançou os braços sobre a cabeça enquanto as lanternas traseiras do carro sumiam na curva — como se pudessem não o ter visto. Continuou, até que, com a perna doendo e considerando que já havia se afastado o suficiente, sentou na terra abraçado à mochila. Passaram outros dois e ele se ergueu, se enfiou mais dentro da estrada, balançando em vão os braços com veemência. Tornou a sentar. Chegava um com faróis altos e, já cansado, sem avaliar bem o que estava fazendo, se enfiou quase no meio da pista. O caminhão despejou seu peso nos freios.

"Tá indo para onde, maluco?"
"Arenópolis."
"Sobe aí."

Guime tinha a impressão de que derretia no banco do caminhão. Um suor morno cobria sua pele. Os músculos sem consistência. A mandíbula estalou e desceu, como uma gaveta arrombada com pé de cabra. São Cristóvão o encarava vacilante na ponta de um cordão no retrovisor. O motorista queria lhe arrancar o motivo de estar na beira da estrada, mas a voz dele atravessava sua cabeça sem produzir nenhuma dobra nos pensamentos: as imagens do banheiro do posto espocavam em sua mente com lapsos e fora de ordem — sentia ânsia de vômito, a posição em que estava sentado era desconfortável, mas não se movia —, tentava reconstruir a sequência que acabava com Denis estendido no chão. Nem sabia se estava vivo ou morto. Quem iria se importar com um Zé Ninguém estirado num banheiro no meio do nada? Assim mesmo era ruim. Apenas se defendera. Será que tinha matado o cara? Filho da puta. Merecido. Este podiam botar na sua conta. Dora não. "Você desce aqui." O motorista cutucou seu ombro. O caminhão havia chegado na rotatória de acesso a Arenópolis. Catou a mochila e se pendurou na barra cromada que levava da cabine até o estribo e ao acostamento. Os braços serviram, o enjoo sumiu. Agradeceu a carona. Puxou a bengala e bateu a porta. Um incômodo, um mal temporário, bobagem. Um delírio. Nenhuma culpa. O vermelho do freio do caminhão se refletia na poeira e na fumaça. Nem dia, nem noite. Olhou antes de atravessar, nada se movia em canto algum. O motorista acenou; ele de volta.

As casas térreas começavam na beira da estrada, frentes no asfalto, fundos no mato. Avançou, a marca da bengala pontuava as pegadas. Os tijolos das fachadas foram ganhando o cinza dos rebocos e adiante, cores descascadas, amarelo-claro e branco, verde-claro e branco, rosa-claro e branco. A cruz da igreja apareceu por cima dos telhados, seguiu nessa direção. A Matriz estava fechada, um cadeado enferrujado trancava a porta. A placa azul afixada no poste na esquina dizia: Pça. Vereador Theodomiro Furquim. O único lugar aberto era um boteco-restaurante-padaria, duas casas adiante, entre o cartório e a lotérica. Parou ao lado da cafeteira inox com coroa dourada, na frente da prateleira das garrafas de cachaça, sob o ventilador que, pelo calor que já se sentia tão cedo, devia girar sem descanso. Pediu um pingado. Botou a mão no bolso e não achou o celular. Saco! Vasculhou a mochila, nada. Saiu do posto com ele — teria caído na estrada, no caminhão? —; só o tablet estava lá, sem bateria, mas estava lá. Respirou fundo. O homem com cara roliça parou de enfileirar os copos molhados na grelha de metal e se aproximou, um pano branco na mão dando lustro ao último. Abriu a torneira da cafeteira, encheu o copo com café e pingou o leite. Colocou no balcão e apontou com o bico da leiteira.

"Mais?"

"Tá bom, obrigado." Segurou o copo pela borda para escapar do calor, soprou e deu um gole cauteloso. Doce demais.

"Estou procurando Marcílio Ramos", disse, a boca escondida atrás do copo.

"O rapaz está procurando o Marcílio." Os olhos espichados do gorducho vazaram seu corpo como se não existisse. A fala tinha outro destino.

Guime se virou e três homens tomavam café em mesas separadas. Era para o velho que o gorducho olhava, o de chapéu largo, sentado perto da entrada, protegido do sol e da vista da rua. Rosto torrado, braços fortes no corpo seco, músculos esculpidos a golpes de enxada. Tinha na mesa um prato com um pão mordido e uma xícara grande. Alguma coisa subia e descia em seus lábios enquanto mastigava. Manteve os olhos fixos em Guime e só falou quando acabou de engolir.

"Conheço o Marcílio", disse, quase sem abrir a boca.

"Diz algo melhor, Joselito, conhecer o homem, a cidade inteira conhece. Você trabalha para ele", disse rindo o que estava na mesa do fundo.

"É. Trabalho."

"Eu sou filho dele."

Joselito se aproximou — não era tão velho —, mascava um palito de dentes. Deu uma boa olhada em Guime por baixo da aba do chapéu e limpou a ponta dos dedos na bainha da camiseta. "Filho? Assim grande? *Hun*. Sei não, nunca ouvi falar, não."

"Mas bem que parece com ele", disse o gorducho. Nisso todos concordaram, inclusive Joselito, que estava na cidade para fazer umas coisas que preferia não contar e, enquanto o comércio não abria, aguardava protegido do sol. Olhou o relógio e cuspiu o palito.

"Espera aí que eu te levo na caminhonete."

A F1000 avançou na imensidão do cerrado e Guime foi se perdendo na paisagem; na lavoura, no gado, nas cercas intermináveis. A cabine fervia feito sauna, o sol carimbava o para-brisas, o teto, o curvim dos bancos, o ar condicionado sem vencer os vidros abertos por conta do cigarro de Joselito. Guime só pescava parte do que ele dizia, as palavras se desfaziam na boca que não abria por completo, no vento que batia nos rostos. Denis sumia. Quis saber o que eram as plaquetas que marcavam pontos da estrada com números e setas, então perguntou alto para driblar o vento. "É dos devotos na quaresma, para dar o caminho, vêm de tudo que é canto", disse Joselito soltando a fumaça, "para beijar a Santa." A calça grudava nas coxas. Quase meia hora de asfalto e outro tanto de terra — fora o trator sair do caminho. O carro parou diante de uma porteira. Joselito apeou, abriu, voltou, passou, desceu de novo e fechou.

Atravessaram o túnel de bambus e saíram na beira de um açude de água pouca e lamacenta. O cão se eriçou. A casa apareceu do outro lado, cercada por árvores encorpadas que sobressaíam na mata nanica, branca, térrea, erguida do chão pelo barrado de pedras que se alcançava por dois degraus na frente da varanda vazia.

Os latidos foram substituídos pelo farfalhar de pedriscos, depois a freada. O motor diesel soluçou com o girar da chave; as duas portas pesadas bateram em sequência. Joselito saltou primeiro. Subiu na varanda e abriu a porta de tela. Guime subiu os dois degraus e parou, a passagem bloqueada pela hesitação de Joselito, empacado onde terminava a lajota e começava a madeira. Guime espiou por cima de seu ombro.

O sol entrava cortado pela janela, e uma linha de sombra dividia a parede branca em brancos. Na parte iluminada, o fogão a lenha que separava a cozinha da sala, outro fogão esmaltado com uma chaleira fumegante, a geladeira velha, uma mesa, quatro cadeiras e a moça de costas que lavava a louça. No lado mais escuro, poucos móveis, a televisão de tubo sobre a cômoda e o sofá com o homem deitado. Nem quadros, nem retratos. Um crucifixo. Os livros, a lembrança mais forte que restava do pai, não se viam em canto algum.

Por um instante, imaginou que encontraria o homem de cabelos brilhantes com a camisa azul-clara de colarinho estreito enfiada na calça com cinto, que girava gelos no copo na noite de Natal.

Era Marcílio quem repousava, o sofá, menor que ele, deixava os pés pendurados, abafados nas meias sujas. As botas jogadas. Seu braço se movia de maneira desordenada se uma mosca lhe pousava no rosto. O ar áspero. Um menino arrastava um trem de madeira no piso, era miúdo igual à moça, mas tinha os cabelos do pai na foto esmaecida da gaveta.

Marcílio se endireitou, puxou a virilha do jeans com dois dedos pinçados e pregou os olhos na passagem que levava à varanda.

"E aí Joselito? E os cabras?" Não enxergou quem lhe espiava por sobre o ombro.

Joselito liberou a passagem e Marcílio viu Guime. Tinham as mesmas cores e as mesmas linhas; num, vivas e lisas, no outro, desbotadas e tremidas. Eram três, contando o que brincava no chão. Um estrangeiro.

"Pai", disse Guime e tossiu. O pó agarrado na garganta e na língua.

Não teve resposta. A criança arrastava o brinquedo. Joselito, no pilar da varanda, conferia os bolsos dando tapinhas. A moça enxugou as mãos no avental amarrado à cintura, seu olhar oscilando entre o sofá e a porta. A bengala roçava a linha da entrada, alargada como um fosso, o silêncio mais longo que a viagem que acabara de fazer. O pai tinha as mãos nos joelhos, os olhos arregalados, o sangue se espalhara com tamanha veemência na superfície de sua pele que seu rosto exibia um colorido fantasioso, como se prestes a fundir e escorrer. O menino empurrou o trem em sua direção. A moça apagou a boca sob a chaleira. Joselito tirava fumo do bolso, o olhar difuso. Marcílio alongou o pescoço e seus lábios esboçaram uma abertura antes de embicarem na expressão de quem tenta arrancar restos de comida dos dentes com a língua — nenhuma palavra —, fitava a parede, a janela, as mãos de Guime juntas diante do peito e a outra janela, parou na televisão desligada. A criança abriu a boca e seu choro inundou a casa. A moça veio socorrer, *shhh*, *shhh*, bambeava para frente e para trás, parecia precisar descolar os pés do chão antes de se mover; e cruzou a sala até a entrada. Com o bebê em um braço, esticou o outro livre até a mochila em seu ombro.

"Venha. Você deve querer tomar um banho."

Guime sacudiu a cabeça afirmativamente.

"Não tem mais nada?"

"Só isso", respondeu constrangido.

Saíram devagar pela passagem que levava aos fundos, sob o olhar do pai calado. Ela usava um vestido florido grudado no corpo e tinha os pés descalços, com as marcas das tiras das sandálias no encardido da pele. O cabelo longo e negro vagueava nas costas quando se movia. Seu nome era Alma.

Por fora da casa, sob o mesmo teto, havia um quartinho. Partilhava a parede da sala. Ela abriu com a chave que tirou do bolso — as unhas curtas de roídas —, acendeu a luz e, com as pontas dos pés, empurrou as caixas de papelão para o canto. A voz do pai reverberava nos tijolos. A cama de solteiro ocupava metade do espaço, e as caixas mais a porta aberta roubavam outro tanto; um guarda roupa; um criado mudo da altura de um caixote, com um abajur sem cúpula e um montículo de cera de uma vela soprada pouco antes do fim; mais paredes vazias, na da cama, um prego retirara uma lasca. A porta movimentou o ar parado, a lâmpada enroscada torta no soquete mostrava a poeira subindo. Alma desapareceu e voltou com uma toalha fina e amarelada, lençóis e travesseiro, uma muda de roupas que deveria ser de Marcílio e um ventilador sem grade.

O chuveiro ficava quase em cima da bacia. A água saiu fria — os fios que deveriam unir o chuveiro à tomada, cortados, aguardavam enrolados no cano —, com aquele calor, não seria problema. Acabou o banho e se esparramou na cama. Tirou o tablet da mochila, desplugou o abajur da tomada e espetou o carregador. O raio da alimentação apareceu e ele apertou o botão de ligar. A mesma imagem na tela da última vez. Sem sinal. Naquela casa, a imagem do passado seria essa, congelada; e se a fechasse, não sobraria mais que a memória vacilante em sua cabeça. Estacou, o tablet acendendo o rosto na penumbra. Que merda fazia ali?

Não ouviu mais o pai. O motor diesel urrou e se foi aos poucos. Guime se certificou do silêncio e abriu a metade superior da porta que fazia as vezes de janela. O sol invadiu o quarto e árvores apareceram na moldura.

Alma havia colocado o café. Pão fofo, manteiga escura e o leite com gosto forte, não de leite; a jarra de suco com a boca coberta por um pano. Do mesmo modo, na hora do almoço, um prato pronto com carne assada, feijão e farinha o aguardava na mesa. Não sentou com ele e quando lhe falou, disse o mínimo. Guime comeu, olhando-a pela janela pôr as roupas no varal. Depois rondou a casa. Pomar, horta, chiqueiro, cochos, celeiro ou paiol, sabe lá. Sentou sob a mangueira, no banco que era um tronco cortado ao meio. Um bando de aves bicudas cruzou o céu, manchou o azul de rosa. Não importava como chamavam. Um gosto. E se não fosse tão ruim? O pai não deveria estar menos inseguro do que ele. Acabariam por se entender. Quem sabe um dia, com sorte, poderia enxergar sua vida dividida em duas? Uma feliz com final trágico e outra ao contrário; terminando e começando ali.

"São lindos, né?", ouviu. Virou e lá estava ela na janela. "São colhereiros."

Marcílio voltou na hora do jantar.

O sol deixou de herança o bafo morno, pesado mesmo com as janelas abertas. Guime vestia as roupas do pai. Marcílio sentou à cabeceira; o lugar de Alma, que ainda de costas mexia panelas no fogão, era ao lado dele; indicou ao filho a cadeira na outra ponta. A boca do forno à lenha bruxuleava na meia-luz e um cheiro defumado ocupava a sala. Alma, antes de sentar, se aproximou do pai por trás e passou a frigideira rente ao seu rosto, se inclinou e a baixou em direção à mesa, com a escumadeira, fez escorregar no prato o ovo estrelado; depois, fez o mesmo com ele.

    O chão estava desimpedido, o menino dormia. Não se ouvia nem riso nem choro, nem pássaros nem cigarras, nem latidos, nem o murmurar das folhas dos buritis; até o vento, que gemera a tarde toda no milharal, estava quieto. Guime mantinha o olhar baixo, tenso, com medo que os talheres tilintassem no prato. Quis mais e ergueu o rosto à procura da tigela com o frango ensopado. E notou os bicos dos seios que empurravam o vestido e tornou a baixar os olhos. Alma exibia um claro mal-estar, também tinha os olhos furtivos, evitava os seus, evitava os de Marcílio, disfarçava com as costas dos braços, arrastava a gamela com o pão, puxava a travessa, empunhava o garfo; e ora se mostrava um, ora outro; e ele sabia que não devia olhar e olhava e desviava para o rosto severo do pai cravado nela, as narinas dilatadas, e voltava para o prato, metia ervilhas na boca; e não devia, e olhava, só existiam eles, os bicos, capturavam tudo ao redor, como se abarcassem o universo; duros; empinando o vestido.

O pai arrastou a cadeira com violência, arranhou o piso. Saiu para a varanda. Pigarreou. Guime levantou o rosto, e ele o chamou com os dedos. Sentia o peso do desamor do pai, a angústia comprimindo o corpo, a comida travada no estômago, o boi na barriga da jiboia; ainda fosse criança, teria botado tudo fora com um grito.

Largou o jantar no prato e atravessou a sala feito um fantasma que mal toca o chão. Marcílio tomou a cadeira larga com o assento e as costas de palha para si e puxou uma menor para ele — não na frente, ao lado, de modo que para se encararem seria preciso torcer o pescoço.

"Hoje falei com a sua mãe. Depois de quinze anos", foram as primeiras palavras que o pai lhe dirigiu desde a noite de Natal.

"E o que ela disse?"

"Que fez cagada... E que roubou o Major."

"Você contou que eu estou aqui?"

"Não. Não devo satisfações a ela; e nem sei se você vai ficar aqui. Mas se fudeu o velho, é um bom começo." E deu risada — os dentes amarelados de nicotina. Guime não riu.

"Que mais ela disse?"

"Pouco. Só sobre a cagada. Que foi colossal. Disse que pode ser bom você desaparecer por um tempo."

Alma empurrou a tela com o ombro, trazia a bandeja com a térmica que apoiou na mesinha de madeira. Marcílio encheu os copos e estendeu um; recuou e devolveu à mesinha para que Guime mesmo o pegasse, tirou um cigarro de palha do maço com a foto do vaqueiro — Guime não fumava desde a noite do acidente, se o pai tivesse oferecido, quem sabe teria aceitado. Marcílio balançava o fósforo nos dedos enquanto a chama migrava para o tabaco. Os dois se pareciam mesmo, sem as marcas dos estilhaços de para-brisa. Deu uma baforada e a cara sumiu na fumaça.

"Mas não acho que queria falar comigo. Acho que só queria saber se o filhote estava a salvo." Fez uma pausa e trouxe o cigarro à boca. Guime cerrou as pálpebras e esperou escondido atrás delas que o pai continuasse, mas não veio nada.

"Está tudo bem. Eu estou bem. Acho até que demorei a vir te procurar", disse então.

Marcílio avançou o braço em direção ao café e Guime sentiu faiscar um desejo de que aquele homem se estendesse mais um pouco e lhe tocasse o rosto; desejo logo enterrado pela voz do pai, tão seca quanto o ar que respiravam.

"Me parece mais falta de opção."

"Talvez seja mesmo falta de opção", respondeu surpreso. Mas a voz do pai tornou a demorar a se ouvir, como se as palavras daquele menino que brincava com a irmã e os primos no tapete custassem a alcançá-lo. "Tomei uma decisão que achei que ia me levar a um lugar e fui parar em outro", disse Marcílio por fim, sem parecer registrar o que o filho dizia, provavelmente dava continuidade a um monólogo reensaiado centenas de vezes, iniciado após escrever seu bilhete de despedida. A sombra de Alma dançava na coluna da varanda cada vez que passava pela janela. "Parece óbvio, mas mesmo tomando na cabeça, teimamos em acreditar que as coisas vão sair como planejado. Difícil aprender", concluiu o pai.

"Sei bem. Tenho experimentado isso todos os dias." O vento agora soprava em outro sentido, dos fundos da casa para a frente, fazia as folhas das árvores vergarem para dentro da escuridão.

"Mas não consigo imaginar o que você achou que iria acontecer de diferente quando nos abandonou", acabou falando.

"Não, não acho que consiga." Dessa vez a resposta veio rápida. "Também não consigo imaginar o que passava pela sua cabeça quando encheu a cara, fumou um baseado e pegou o carro com a menina sem cinto."

Guime dobrou o corpo em direção ao colo antes de se erguer empurrando os joelhos com as mãos.

"Você não sabe! Eu e ela estávamos na mesma. Ela também tinha bebido e fumado. Podia ter sido eu. Foi burro, eu sei, mas foi um acidente."

"Cada um enxerga as coisas como lhe convém", disse Marcílio retomando a mansidão na voz. Desviou o rosto para o cigarro que queimava prensado em seus dedos. Tragou e soprou a fumaça, balançou a cabeça. "Com certeza vemos as coisas de maneira diferente." Bateu a cinza no chão.

"Sim, eu enxergo como quem ficou, você como quem foi embora." Ao contrário do pai, as palavras saíam de sua boca sem o menor controle, cuspidas.

Marcílio utilizou os braços da cadeira de apoio e ficou em pé. Fixou o olhar através da porta e parou, e piscou. Guime imitou o movimento. Viam o interior da casa esmaecido pela tela, o foco capturado pelo rasgo no tecido próximo ao puxador, evidenciando o piso gasto, o trem de brinquedo.

"Nós...", disse Marcílio e avançou em sua direção, encurtando a distância — Guime, acuado, recuou na mesma medida até um de seus pés ter só meio apoio, aí baixou um degrau; e dobrou o pescoço para não desalcançar os olhos do pai que chegavam por cima. "Posso até imaginar que te pareça assim", continuou, "pode até ser isso mesmo. Mas agora você também foi embora e parece que vai ter que se conformar com este fim de mundo. E comigo. Amanhã você trabalha." Desviou do filho e desceu à terra; arremessou o copo na escuridão. Se afastou até que nenhuma folha de árvore pairasse sobre sua cabeça e levantou o rosto; lotes de fumaça continuavam a lhe sair da boca. Guime foi atrás. A sombra projetada pela luz da varanda chegou antes ao pai e Marcílio voltou a andar, as botas com as pontas afundadas na grama. "Esta é a minha casa. Minha casa. Uma grande cagada na vida basta", disse e sumiu em direção ao curral.

"Claro, pai", respondeu para dentro, as palavras engolidas; e se refugiou no céu. Nenhuma nuvem, só pontos, brancos no preto.

Tomou uma chuveirada e se deitou. A conversa toda errada, 'continuamos acreditando que as coisas vão sair como planejado.' Pretendia lhe dizer que vinha estudando, fazia estágio, não era o que estavam dizendo, não merecia — iria entender, dizer para ficar, que tudo ia acabar bem. Nada disso. O pai era insensível, frio, duro; não à toa o pai e o avô se odiavam. Embolou o lençol e tentou relaxar; e girou uma vez, e de novo; a camiseta grudada no pescoço, embaixo dos braços, na barriga; e foi abrir uma fresta na parte de cima da porta — e a conversa com o pai —, a nuca empapada sob o cabelo; puxava o travesseiro, empurrava, girava; escancarou a parte de cima da porta; a brisa e a luz da lavanderia e pernilongos; fechou um pouco e prendeu o lençol na passagem, suor, o cabelo, e girava; foi ao banheiro, meteu o rosto dentro da pia, a boca na torneira, desviou parte da água com a mão em concha do cano de ferrugem e barro, o frescor na garganta, os respingos na bochecha; deixou molhar o rosto e os cabelos — nada como planejado —, não secou, se deitou molhado na fronha quente. Pesadelo antes de dormir. E dormiu.

Viu o menino, o trem, e Alma curvada, as mãos voltadas para baixo; se ergueu vagarosa, primeiro os braços, depois as costas, recolhia lenha; se virou e pendeu para a frente — o vestido enganchado numa farpa da madeira e o tecido apertando seus quadris —, fez força e a ponta rasgou antes de se soltar. A cabeça do machado desceu. Marcílio empunhava o cabo longo de madeira e batia cada vez mais alto. Para-cima-e-para-baixo. Guime não sabia onde estava, dormia tão profundo, que o sonho partiu sem que nenhum pensamento fosse posto no lugar. Sentiu pressão na testa e nos ouvidos, a cabeça sugava o mundo para preencher o vazio. As batidas aumentaram. Tateou ao redor, cama, travesseiro e parede até encontrar o interruptor do abajur, que não funcionou, seguiu o fio até a ponta — fora da tomada —, tirou o tablet e espetou o plugue. Agora sim. A madeira repicava no batente. Alcançou a chave apoiado na bengala. Era Marcílio, mal iluminado pela lâmpada da área de serviço, trazia uma calça jeans, camisetas, meias e cuecas, sabonete, pasta e escova de dentes, um aparelho descartável de barbear. No chão, um par de botas surradas para ele também. Guime via por trás do contorno de seu rosto uma fração do céu que era o da noite, e ouvia o zunido dos insetos e o choro distante do menino, que já devia andar no colo de fogão a fogão pela cozinha — e entre ele e o céu e Alma e o menino, o pai ocupava o vão da porta.

"Espero que sirvam, senão, cortamos os dedos", riu e fez um gesto como se brandisse o machado no ar.

"Obrigado."

"E é melhor deixar isso aí, vai mais atrapalhar que ajudar", disse e apontou a bengala. Fechou a porta.

Era a casa do pai, e estava escuro. O vento cantava antes do galo. Sentou na borda da cama, vestiu a camiseta, a calça e a bota. Escondeu o dinheiro embaixo do colchão e devolveu o tablet para a mochila; pendurou nas costas. No banheiro, jogou água na cara e escovou os dentes. Sem espelho, nem sobre a pia, nem na porta do armário, em lugar nenhum; ajeitou os cabelos puxando os dedos abertos como um ancinho.

"Bom dia", disse Alma, curvada, as mãos na água da torneira. O pai comia em pé.

"Toma o café aí, está atrasado", disse o pai.

Marcílio pegou o pacote embrulhado no pano xadrez que Alma deixara sobre a mesa e saiu para a varanda. Guime largou o copo e foi junto, o pão enrolado no papel.

Contornaram o açude em direção ao sol. Passado um morrote, os campos se abriram até a curva do rio, os diversos tons de verde limitados por cercas lembravam países num mapa. Marcílio parou no topo e contemplou seu reino, agora com quatro súditos. A seus pés, o paiol. Desceram assistindo Joselito ajeitar a última saca de feijão de corda na F1000. Guime não chegou tão atrás, sua perna respondia melhor do que imaginara. Joselito bateu a tampa da caçamba — as sacas de trama de plástico sujo com impressão gasta, cinquenta quilos cada, passavam a altura da cabine —, atou a corda na argola de aço na lateral da caminhonete e lançou a outra ponta na direção de Marcílio que passou por outra argola e devolveu. Repetiram várias vezes, sempre com mais força. O pai o observava com canto de olho, a testa crispada, puxava a corda e dava ordens, o que imprimia em seu rosto uma expressão que sugeria um misto de orgulho e prazer, Joselito balançava a cabeça condescendente, já devia estar escaldado. Marcílio subiu no pneu e deu um laço mirabolante na ponta da corda. Guime encarou o nó.

O pai assumiu a direção e ele entrou do outro lado. A traseira da F1000 havia baixado e o capô erguido apontava a copa das árvores. Joselito montou sobre as sacas. A caminhonete diminuiu a velocidade ao se aproximar da casa para que saltasse da caçamba. Marcílio procurou o funcionário no espelho e acenou; tinha pressa, era bom darem conta de tudo — deixara bem claro que só ia até a cidade mais de uma vez ao dia em caso de extrema necessidade. Guime também acenou. Atravessaram o bambuzal, a porteira, e seguiram pela terra.

"Pegou moleza. O pior já foi. Os cabras colheram e ensacaram na semana passada."

Do final do primeiro trecho podia se ver a rodovia na baixada. Quase no asfalto, Marcílio jogou a caminhonete em cima do mato rasteiro e cruzou a pista, o acesso de areia terminava em um terreno circundado por sucata e velharias. No fundo, a uns cinquenta metros, um barracão caindo aos pedaços, escuro dentro, mal se via o fusca; e atrás, o casebre de madeira com teto baixo. As dobradiças em forma de ferradura penduradas no mourão denunciavam que um dia havia existido uma porteira ali. Marcílio desceu e trocou o pacote que Alma lhe dera por outro desembrulhado que aguardava ao pé da cerca. Subiu e fez a volta, bateu duas vezes com a lateral da mão na buzina e se inclinou sobre Guime. Gritou com a cara na janela. "Bom dia, Nilto. Precisa de alguma coisa?" A voz abafada pelo ronco do motor diesel. De trás do fusca, encoberta pelo capô levantado, surgiu uma cara suja. Era Nilto e não precisava de nada.

"Amanhã eu volto", assegurou o pai — mais para si mesmo — e recolocou a F1000 em curso. Guiava com uma mão na direção, a outra ia e voltava pela janela com o cigarro aceso; tragado e soprado dentro, ardendo e fumegando fora.

Chegaram ao Três Irmãos e contornaram o prédio, entraram de ré pelo portão do armazém. O rapaz alto e de óculos, com um boné *I love Monsanto*, esperava.

"Ajuda o moço. Um pouco eu sei que aguenta", ordenou o pai, e sumiu pela porta que levava à loja.

Guime puxou a primeira saca pelas extremidades como as orelhas de um menino travesso; nem mexeu. Subiu na tampa aberta da caçamba e repetiu o movimento; o saco avançou até a metade. Voltou ao chão e enfiou as costas por baixo, fez força com o ombro, comprimiu duas vezes os joelhos flexionados e com um impulso levantou o saco escorado no pescoço e no braço. Largou no primeiro espaço vazio dentro do armazém. Na segunda viagem, a panturrilha já beliscava, choques. Conseguiu apenas três até a perna ficar latejando. A pele pingava no sol a pino.

Deixou o rapaz sozinho e foi atrás da mochila na caminhonete. Levantou o tablet. Um pontinho de sinal, a rede do Três Irmãos era aberta. Sinal fraco, de respostas lentas, mas o mundo chegava por ali. Vasculhou seu nome nas redes sociais, procurou novos comentários em velhas matérias. Buscou palavras: Denis, Arenópolis, posto de gasolina, madrugada, morto, assassinato. Talvez não tivesse dado tempo — ou Denis estava vivo, pareceu melhor. Não precisava de mais fantasmas.

O pai voltou e o tal moço havia acabado o trabalho. Almoçaram na praça, no boteco. Marcílio apresentou João Bola, o dono, que pareceu feliz em ver os dois juntos. Conhecia os Ramos desde que se sabia por gente, da época em que a cidade era meia dúzia de casas de cada lado da via, contou. Os pais foram amigos.

"Quando esse fim de mundo era o cu do mundo."

"E agora é o quê?" Marcílio riu.

Foram dois bistecões e Guime não deixou um fiapo.

Compraram defensivos, fertilizante e arreios. O pai se mantinha inflexível, ou dava ordens ou explicava procedimentos em tom professoral. Guime ouvia sem retrucar, aceitava — por não saber o que não sabia.

"Se quiser ficar aqui, vai ter que aprender."

Apesar da dor na perna, preferiu não reclamar. Retornaram no final da tarde, o sol gema de ovo batia na janela do passageiro. No para-brisa, o extraordinário. Um céu quase roxo, mas não roxo, azul escuro, cinza, quase cinza, escuro, com manchas rosas e franjas laranjas; e roxo. Seu corpo moído descansava no banco.

A caminhonete encostou no celeiro e ele ajudou a descarregar. Salvo o arreio, o resto parecia pesar uma tonelada, mas a quebradeira do corpo serenava a cabeça, e a angústia que o assombrava desde que saíra do coma dava trégua. Os braços também doíam. Os pesos da academia eram de algodão. Para encerrar, o pai mandou que enchesse os cochos de água e se foi. Não iria lhe facilitar a vida, pelo contrário.

Não contornou a casa, atravessou a sala. O menino se divertia fazendo o trem descarrilar nas frestas desniveladas do piso de madeira. Guime se agachou e interferiu com o dedo na brincadeira. O menino sorriu. Alma sorriu.

No quarto arrancou as botas pisando nos calcanhares. A perna inchada, os pés com bolhas.

Jantaram os três. Descobriu que o silêncio da véspera era a regra, não a exceção, porém, desta vez, Alma oferecia algo ou pedia uma fatia de pão, amenizando o desconforto. Como seria antes de sua chegada? Alma ficava mais em pé que sentada, se levantava entre as garfadas, movia coisas da pia para a mesa e para o fogão e para a geladeira e para a pia. Ele não parecia ser o único intimidado pela presença daquele homem.

Marcílio se levantou e foi à varanda. Perto do fogo, o coador aguardava cheio de café, e o vapor dançava no bico da chaleira. Guime levou o prato até a pia, apesar de jamais ter feito isso antes. Alma despejou parte da água fervente no pó, o resto na louça suja. O cheiro do café subiu e se misturou ao perfume de flor de Alma.

Viu o pai fumando na varanda e sentiu vontade de fumar; mas a cadeira para ele não estava mais lá.

O tablet apitou no horário programado — incapacitado de se comunicar com o mundo, ganhara nova função. Queria se antecipar às pancadas na porta, porém, ao apoiar o pé, a dor lhe subiu a perna; primeiro o tornozelo, a panturrilha, o joelho, a coxa, até a virilha, como se houvesse pisado em saúvas.

Apareceu na sala e, no primeiro instante, o pai pareceu satisfeito, porém, ao reparar que vinha descalço, os tênis e não as botas na mão, escorado na bengala, o ar de aprovação se dissipou.

"Inchou, pai, quase não consegui botar a calça. Foi mal." Por baixo da barra era possível ver a mancha arroxeada que se alastrava a partir do tornozelo.

"O que acha que vai ter que fazer?"

"Amanhã deve estar melhor."

"Bom", respondeu lacônico, e Guime se sentiu vazado por centenas de flechas.

Marcílio ia sair com o pacote de Nilto, parou e voltou. Segurava o pacote suspenso pelo nó de pano.

"Isso ao menos você consegue fazer. Não consegue?"

"Consigo."

"Então leva."

Teve a impressão que Alma ia completar as instruções, mas ela titubeou acuada pelo olhar fulminante de Marcílio.

"É meu tio. Irmão da minha mãe", ela se limitou a dizer.

O pai arremessou as chaves da picape e esperou com a porta de tela aberta que Guime se calçasse e pegasse algo para mastigar no caminho; montando guarda. Depois parou na borda da varanda e o observou subir na caminhonete.

O motor roncou, o carro deu um solavanco e avançou encoberto pela nuvem de terra. Um dos vira-latas o seguiu latindo. Surrupiou um cigarro do maço do vaqueiro no console, a fumaça se aconchegou em seus pulmões como se nunca os tivesse abandonado. Veio pela estrada devagar; apesar de ter dito que se lembrava do local, cada pedaço de terra parecia idêntico ao anterior. Deveria enxergar a entrada a qualquer momento. Será que Alma mandava a comida do tio todos os dias? Reconheceu o lugar pelas marcas dos pneus. Ao invés de parar na porteira como o pai, atravessou o terreno até o barracão. Desligou o motor e bateu palmas. Sem resposta, repetiu com força. Não tentou a terceira vez, entrou no barracão, os pés leves e os sentidos atentos.

"Seu Nilto! Nilto!"

Sem janelas, cada passo roubava um naco da claridade. Deu a volta no fusca. As tralhas amontoadas perdiam os contornos, transformadas numa maçaroca de diversos tons de marrom escuro. O ar úmido e pegajoso, diferente da secura que fazia sangrar os narizes do lado de fora. Mais palmas. O capo do fusca aberto mostrava no lugar do estepe toda a sorte de lixo: garrafas e latas, pilhas de jornal, câmara de pneu de bicicleta e galões melados com nomes atraentes — não fossem as tarjas com a marca da caveira —, tipo Opera, Regent ou Arsenal. As rodas não existiam, blocos de concreto sustentavam a carroceria. Nilto não consertava o carro como havia suposto na véspera, e sim futucava os pertences. Entre os baldes e latas, viu o retrato emoldurado de um casal sentado, ambos vestidos com roupas cuidadas, ele com o chapéu boiadeiro nas mãos, ela com o ramalhete de flores miúdas, não olhavam para o fotógrafo como de costume, olhavam para o moisés de palha apoiado na grama, para a criança em mandrião de batismo; ao fundo, fora do foco, a casa de madeira, não a mesma que vira ao lado do galpão, outra, maior. Desviou da borda do capô e se inclinou. Algo caiu se mexendo em suas costas e ele, assustado, catou com a mão por cima dos ombros e arremessou contra a parede. Garras furaram sua camiseta e arranharam a pele. O gato aterrissou no escuro, derrubou latas que quebraram vidros. Guime torceu o corpo e atirou o pacote contra o predador. O coração continuou a bater nervoso, mesmo depois que a fera lhe saudou com um miado. Nilto apareceu na entrada, a silhueta desenhada contra o sol.

"Desculpa, Seu Nilto. Chamei, mas ninguém respondeu."

Conforme Guime se aproximava, as feições do homem foram se desenhando pelas pupilas que se acomodavam. Nilto estendeu a mão, e ele a sua, e viu o rosto cheio de marcas, tão vivas que se mostravam até por baixo da barba cinza de pontas duras; a mão que segurava estava coberta por feridas. Soltou sua mão e a manteve afastada. Era pavoroso, as dobras na testa eram profundas e não afrouxavam, congeladas num momento de espanto. Uma espuma branca borbulhava em seus lábios. Sem dizer nada, acompanhou os movimentos de Guime com olhos prestes a saltar das cavidades; a cabeça inclinava, o pescoço torcia, as costas dobravam. O ar chiava em suas narinas com a sofreguidão de um cachorro que reconhece alguém. Louco. O que Alma tentou dizer, o pai preferiu que descobrisse por si. Um sádico. Recuperou o pacote do chão — o pano sujo de molho, o pedaço de pão havia rolado, a tampa metálica da marmita desencaixada —, ao menos caíra de cabeça para cima. Bateu o pão na mão para espantar o pó e recompôs desajeitado o pacote. Guardou distância e o entregou a Nilto.

"Desculpa. Foi sem querer... Preciso ir."

A mão formigava, podia jurar que mudava de cor, queimava até. Só o que faltava. A face do homem, a pele rasgada, a cama do hospital, os tubos na garganta montavam em suas ideias — guiava com a mão preservada, a outra mantinha isolada à distância máxima que o braço permitia —, o inconsciente sabia o rumo de casa, piloto automático. Precisava lavar. Desinfetar. Freou de repente e o carro patinou na terra antes que conseguisse articular as palavras vaca, mata-burro. Contornou o açude em alta velocidade e estacionou nos fundos, a poucos passos da lavanderia. Meteu a mão na torneira, esfregando com o Pinho Sol que achou debaixo do tanque. O tanto que deixou a água correr parecia insuficiente, mas era o que podia fazer, se algum mal se apossara dele, não sairia dessa maneira. Foi atrás de um pano.

Da ponta do varal, se via o rio; o menino na borda e Alma dentro. Segurava as Havaianas e banhava os pés na água mirrada pela estiagem. Jogou as sandálias perto de uma pedra sem se virar e deu um passo, se espichando quando os respingos a atingiram além do esperado; segurou as pontas do vestido com os braços cruzados e puxou para cima até a bainha alcançar a confluência de suas pernas. A mão dele não queimava mais. O coração esquecia o desespero. Alma girou buscando o filho e deu com ele lá em cima. Sorriu. Soltou a borda do vestido e o fez descer com o requebrar dos quadris. Recolheu as sandálias e o menino e subiu descalça a trilha que levava de volta à casa.

"Quer café?", perguntou ao passar por ele.

Alma colocou o bule na mesa e o menino no chão.

"Conheceu o Tio?"

"É", se limitou a responder, sem saber ao certo onde pisava.

"Nunca fez mal a ninguém, nem mosca", ela disse enquanto despejava o café nas xícaras de ágata. Guime esticou a mão esfoliada. "Não acho que seja contagioso. Está assim faz tempo e não passou para ninguém. Verdade que evitam ele mais que o diabo. Se bem que do diabo parece que o povo daqui até gosta. O médico da cidade diz que é por causa do lixo. Os machucados, não a loucura. Junta embalagens de um monte de porcaria que dão com gosto para ele." Ela segurou a xícara com as duas mãos perto da boca, e a fumaça lhe sublimou o rosto.

"Não me importo", ele disse, sem saber com o que não se importava, fascinado pelo rosto que se redesenhava por trás da névoa.

"Era o único irmão da Mãe, a família viveu sempre aqui. Do rio até o asfalto, era do Bisavô. Dizem que era duro, trabalhador. Teve nove filhos. Morreu, e cada um ganhou um pedaço. Todos viviam aqui até a chegada do Seu Zé Ramos, seu avô. Aí ele foi comprando. O povo daqui tinha visto de tudo, mas dinheiro ninguém tinha visto, não. E morria um, ele comprava. O outro ia para a cidade, comprava. Se separava, bebia demais, perdia no jogo, comprava. Até que sobrou só o Vô, pai da Mãe. Ele não queria vender. Cuidava da roça mais o Tio, e a Mãe ajudava na casa. Mas a Mãe engravidou sem casar e o Vô botou fora. Aí ela veio trabalhar aqui, nos Ramos, eu dentro dela. Brinquei muito aí", disse voltada para o chão onde o menino brincava, os olhos dela pareciam atravessá-lo, pousados em um lugar distante. "Seu avô e sua avó eram vivos, seu pai ainda estava para lá. Tio Nilto era casado com Tia Maria, tiveram um filho, Dito, quase da minha idade, crescemos juntos, tudo juntos; e quando o Vô morreu, voltamos para morar com eles. O Tio, a Tia, a Mãe, a Vó, o Dito e eu. A Vó logo seguiu. Ficamos cinco." Guime ondeava a cabeça, murmurava, se deixava banhar encantado como a vira fazer nas águas do rio. "Tio Nilto queria porque queria muitos filhos, a Tia não pôde, foi complicação no parto do Dito. Aí ele pegava nós dois e levava para a roça. Foi toda a infância. A gente voltava da escola e trabalhava até a noitinha. Tem uns dez anos, não chovia, seco demais, que nem agora, o Dito com febre, nada sério, só carecia de ficar na cama. Aí eu e mais o Tio saímos de madrugada, antes do dia, para aguar as mudas no Córrego da Foice. Tinha que ser antes do sol, para as mudas não queimarem." Parou e passou o dedo embaixo do olho. "Pegou todos dormindo. Pau seco, as casas eram assim, o fogo monta num segundo. Deu para ver o fogaréu de longe. Nós voltamos correndo, já tinha comido tudo. O Tio acha que esqueceu panela no fogo. Tem quem diz que foi mandado, para dar susto; para vender. Só Deus sabe. Sobramos só o Tio e eu. Os amigos ajudaram na casa nova, lá embaixo, onde você foi. Eu morei lá. Mas o Tio foi ficando desacertado, amalucando. Eu voltei para cá. Tinha treze e aqui tinha trabalho. Aí seu avô morreu, e a sua avó, e o seu pai aqui sozinho e eu..."

Uma sombra varreu a mesa e Alma parou de falar. Ele tocou em seu braço e ela se afastou, sua mão escorrendo na pele dela até se descolarem. Olhou pela janela, mas parecia não ver nada. Tinha os olhos inchados.

Como a perna impedia trabalhos pesados, o pai passou a utilizá-lo para dirigir, levar e trazer. Não sem ranhetar, dando a entender que se escondia por trás da bengala. Logo cedo, recebeu as funções que deveria cumprir na cidade. Ouviu calado, as mãos enfiadas nos bolsos da calça. Percebeu que se não fosse o trabalho pesado a lhe dobrar as costas, o pai daria um jeito de sobrecarregá-lo de outra maneira.

"Posso ir junto", disse Alma, "preciso ir à cidade e posso..."

"Se quer tanto ir, vamos amanhã, preciso ir ao cartório e você vem comigo", interrompeu Marcílio, a expressão do rosto tão veemente quanto as palavras em sua boca.

Guime passou primeiro no Nilto, deixou a comida no mourão e buzinou. No posto, enquanto enchia o tanque — tendo uma cortina fuliginosa de queimada como pano de fundo —, ouviu o frentista falar da seca que se prolongava, da redução das pastagens, do atraso no plantio das safras. Entrou no Três Irmãos pela frente e só saiu perto do meio-dia. Iria ao Bola, à cooperativa e ao supermercado. Sem pressa.

O Bola estava lotado, homens de botas e calças puídas, as cabeças cobertas por bonés e chapéus. Conversavam e comiam barulhentos. Assim que pôs os pés lá dentro, notou o volume baixar, menos na TV. Olharam para ele, o cumprimentaram com sorrisos, e voltaram ao almoço. A maioria nunca o tinha visto, mas deviam ter ouvido falar; o quê? Só o tempo iria dizer. O filho que Marcílio deixara em São Paulo estava na cidade. Guime desprendeu a ponta da camiseta do cinto e bagunçou discretamente os cabelos com a mão; retribuiu os sorrisos. João Bola foi buscar uma mesa de dobrar da Imperial e tratou de montá-la junto à porta do banheiro. Gritou para a abertura na parede. Em minutos, um prato foi entregue pela mesma abertura — mãos de mulher. João Bola serviu.

"Galinhada, arroz de pequi e angu."

A impressão que o prato lhe causou foi a mesma que ele causava nos vizinhos de mesa; que voltaram a se espichar em sua direção. João Bola se antecipou, enfiou dois dedos no seu prato, pegou um pequi com as pontas, escapando dos espinhos e raspou nos dentes. Guime estava atento e repetiu a arte sem titubear, depois meteu as pontas lambuzadas dos dedos na boca — coisa forte —, segurou o garfo como a uma arma e atacou o frango amarelo sobre a toalha de plástico; os vizinhos, privados da diversão, desiludidos, se voltaram para a televisão, na parede, no alto. Passava o telejornal. Guime comeu grudado na TV: lixo clandestino contamina duas crianças, travesti queimado vivo

em ponto de ônibus, novo foco de um vírus asiático, fanático-
-bomba explode na calçada, os gols da rodada. Nada de novo,
outros nomes, em outros lugares, em outra velocidade, as mesmas notícias, diferente era assistir dali, e dali essas coisas perdiam a importância.

Pagou e foi embora. Virou a esquina a pé e parou diante de
uma vitrine, vendiam de tudo, no meio do monte de artigos, dois
modelos de smartphone, um maior e um menor, entrou e comprou um chapéu.

A F1000 rodou pelo calçamento de pedras até, todas as funções ticadas, retornar à praça central. O sol fazia a curva e não
demoraria a se esconder. Pretendia chegar em casa próximo ao
jantar, evitar que o pai lhe enfiasse uma tarefa nova. Pelas suas
contas, sobrava mais de hora. A perna voltara a latejar e os ombros doíam. Decidiu gastar o tempo num banco da praça. Estava sentado com as pernas cruzadas e girava o pescoço de olhos
fechados quando ouviu as vozinhas, misturadas ao riso fino, e
abriu os olhos e seguiu o som até a origem da animação. Eram
umas sete, oito crianças pequenas — os meninos de cabelo curto, as meninas de tranças, tiaras e fivelas —, do tipo que em São
Paulo não podem ultrapassar as grades das casas sem um adul-
to junto, vinham sozinhas. Vestiam shorts ou saias azul-caneta
e camisetas brancas com o nome do grupo escolar; carregavam
mochilas com o dobro do tamanho de seus troncos miúdos e,
mesmo assim, se empurravam, puxavam, as meninas pulavam
num pé só, ou davam as passadas espichadas de quem foge das
juntas do calçamento, os meninos chutavam coisas e corriam
atrás para chutar de novo. Leves de tanta inocência. Acompanhou a alegria saltitante até passarem pela frente do Bola, onde,
naquela luz arriada, o azul da lâmpada pega-moscas emoldu-
rava a porta do bar tal e qual as filigranas de um convite. Não

bebia desde o acidente, o álcool e a dor partilhavam o mesmo espaço em seu espírito, mas a dor esmorecia. Podia até sentir o gosto da cerveja.

A metamorfose que nos finais de tarde levava o Bola de restaurante a boteco estava apenas começando, como um lobisomem no crepúsculo, ainda vestido com os trajes do dia, cara limpa, mas cujos pés cabeludos já esbagaçaram os sapatos. Os sapatos eram a mesa onde corria solto o dominó, que se formava com os primeiros a largarem o trabalho e crescia até as onze, quando João Bola tocava todos para fora. Às sextas e sábados, chegava a alcançar cinco mesas coladas, entre pelejantes e torcedores, cobertas de garrafas. Naquele exato momento, uma única mesa, quatro caras, o que havia carregado as sacas com ele, dois que já conhecia de vista do almoço, e mais um. O funcionário do Três Irmãos, cujo nome não lembrava, estava sentado a cavalo na cadeira e quando o viu entrar, saudou-o com um belisco na ponta do boné. Guime retribuiu o gesto, mas retirou mesmo o chapéu e o apoiou no balcão; não estava aclimatado e sua cabeça fervia. Pediu uma cerveja. João Bola se inclinou e de baixo do balcão tirou uma Imperial 600ml gelada. O primeiro copo serviu de lubrificante, a primeira garrafa se esvaziou como se servida de ponta-cabeça. Pediu outra. Espiava o jogo de canto de olho, dominó lembrava sua infância, pintas brancas no fundo preto, as noites do cerrado. Batiam as pedras com força na mesa e se sacaneavam, *ihhh*, chupa. Um deles esvaziou a mão e recolheu as notas, viraram as peças de cabeça para baixo, esfregaram os dedos em cima para embaralhar e cada um pingou mais dois reais. Guime viu seu colega de carregamentos acenar em sua direção. Baixou o copo que chegava à boca e retribuiu o gesto. Ia até a mesa quando foi ultrapassado por João Bola, o aceno não era para ele, mas, mesmo assim, acabou acolhido em sinal de camaradagem; ou talvez parecesse a eles um bom estoque de notas de dois. Trouxe a cerveja, mas eles lhe empurraram uma branquinha. Virou num único gole e o risco de fogo cruzou o peito até os intestinos; o olhar brilhou lustroso, o nariz e a boca enrugaram. Não demorou a ter as pedras equilibradas à sua frente e a começar a empenhar suas notas de dois. As pás do ventilador zumbiam, o frescor nas costas ia e voltava. Não ganhou nenhuma, como previsto, farejava jogadores à distância; mas estava ali para confraternizar e, para ele, o custo de entrada era razoável. Batiam as pedras. E riam. Tomou mais duas branquinhas e outra Imperial até perceber que o adiantado agora era atrasado. Se despediu apressado.

Sentado, se sentia intocado, mas ao se levantar, descobriu o porre. Calculou mal a distância até a calçada e cambaleou, sujou os dedos de graxa no trilho da porta, acenou com as pontas pretas dos dedos... e riam.

Deu a partida na F1000 e junto com a lembrança de sua habilidade em guiar bêbado, veio a da vez que deu errado. Mas não havia ninguém no banco do passageiro. Afivelou o cinto e saiu por trás da Matriz. Demoraria, mas trocava asfalto por terra, pelo vazio. Escancarou o vidro e acendeu um cigarro. O vento batia em sua cara e ele cantava — sem ritmo e sem afinação — o refrão da música sertaneja que aprendia no rádio. Guiou por vários quilômetros até reparar numa plantação tão extensa que seu fim era a própria curva do mundo; conforme se movia, dava para ver o ondular das cores do anoitecer na lata dos silos que flutuavam solitários no meio do mar de soja, gigantescas naves de tubo de aerossol. Do outro lado, uma égua branca e seu potrinho idêntico acompanhavam o carro correndo junto à cerca. Brecou no meio da pista. Nunca tinha passado por ali. Perdera a saída.

Usou mais espaço do que dispunha para manobrar a F1000 e o pneu dianteiro afundou na valeta. Ficou entalado. Botou ré, pisou com vontade no acelerador e a picape saltou para o meio da estrada. Ouviu o mugido e pisou mais, o carro passou rente a dois bezerros que tentavam escapar das barbeiragens para o acostamento e morreu. Desengatou e deu novamente a partida, o suor lambido na testa, o porre amaciado pela adrenalina do susto. Voltou na pista a não mais que vinte por hora até encontrar o caminho.

Chegou no escuro. Estacionou o carro no lugar de praxe e se demorou dentro. Procurava se recompor. O pai não se encontrava na varanda, provavelmente na sala. Mirou a cadeira de palha, ela seria seu guia para traçar uma linha reta. Se deteve antes dos degraus para tomar fôlego, se enganchou numa das pilastras e subiu.

Olhou através da tela, preparado para encontrar o pai, trocar com ele duas palavras, desviar para os fundos e sumir; a sala também estava escura, podia ouvir o barulho da água do chuveiro no banheiro deles. A única luz brilhava na cozinha. Viu Alma de costas diante da pia, virada para a jabuticabeira além da janela. As pernas, as ancas sinuosas, os braços longos, o cabelo nas costas. Esqueceu quem procurava. Tirou as botas e abriu a porta devagar, então, ao invés de ir para o quarto, mudou a rota e se aproximou arrastando as meias, sem fazer barulho. Ela acomodava num jarro as flores que nasciam na beira da estrada. Encolheu ao sentir uma mão roçar sua cintura, se virou e seu rosto estava tão próximo que não teve tempo para se desviar quando os lábios dele avançaram contra os seus. Largou a tesoura e fechou os cotovelos com violência paralisando a investida, se soltou e o empurrou pelo peito. Ele se desequilibrou e caiu agarrado ao espaldar de uma das cadeiras. O meio-irmão largara o trem e o encarava da mesma altura com a cara assustada. Antes de se levantar, Guime olhou a porta do pai com medo de que ele aparecesse alertado pelo barulho. Não apareceu. Ela olhava-o de cima, um pé à frente, os braços erguidos, imperativa, prestes a desancar um moleque malcriado.

"Você está louco?" Foi o que leu em seus lábios.

"É que..."

"É que o quê?"

Uma das traves do varal podia ser vista através da porta aberta da cozinha, serviria de guia para uma linha reta que o levaria para fora, de onde traçaria outra até seu quarto.

"Diz para ele que eu não estou me sentindo bem."

Foi dormir antes das oito e agora, no meio da madrugada, não encontrava sono. Lamentava o porre pelo enjoo, a dor de cabeça e a culpa. Se vestiu, calçou as botas e foi esvaziar a caçamba da caminhonete para minimizar a dura. Levou a moringa cheia d'água.

Durante o café se esquivou de Alma, esperava o sermão do pai, que não veio. Veio a nova lista de funções, caprichada: óleo dois tempos para a roçadeira, ração, remédio para porcos, mantimentos, o receptor da parabólica, pagar a conta da Celg e fazer uma fezinha na lotérica.

"E o cartório?", perguntou Alma, mais bela de cabelo molhado, mas ele vinha decidido a não ver, então via e não via.

"Amanhã. Pode esperar", disse Marcílio e estendeu o dinheiro para Guime. "Traz as notas."

O pai não percebera nada? Estranhou. Melhor não descobrir, se mandou rápido. Parou primeiro no posto para o dois tempos e depois passou o dia circulando na cidade, já começava a dominar a localização das coisas. Entrou em todas as lojas — se precisava esperar, achava bom —, comprava, pagava, saía e botava na caçamba. Foi acabar no mesmo horário, no mesmo banco, a mesma luz azul pega-moscas. Se lembrou do dia anterior, a espuma branca sobre o amarelo borbulhante, o suor do vidro na ponta dos dedos, a centelha do primeiro contato, o gelado na garganta, a película amarga na boca, e esse lembrar não trouxe o enjoo da manhã, trouxe a jogatina, as risadas com os novos companheiros de boteco, a ousadia ao chegar em casa. Os lábios de Alma pela menor fração do menor tempo, o suficiente para capturar a consistência macia, o doce — imaginou o sorriso aprisionado por trás do rosto bravo. Porém, não era bom repetir o roteiro da véspera, não assim tão logo, a sorte não costuma bater duas vezes na mesma porta, pensava, apanhado pela pega-moscas. Mas podia ir até lá, dar uma olhadinha, tomar uma Coca.

Apoiou o peso na bengala e, nem deu o primeiro passo, parou. Uma viatura da polícia civil descia a Rua da Matriz. Estacionou. O fardado permaneceu na direção, saltaram outros dois. Entraram no Bola. O alto e largo vestia um paletó cinza claro, menor que seu tamanho, apertado nas costas e nos ombros e, ao levantar o braço para cumprimentar João Bola, deixou entrever não só a mancha que lhe tingia o sovaco, como o coldre do revólver de tambor enfiado entre a cintura e a camisa amarfanhada; o outro se manteve afastado, vestia jeans e camiseta sujos de mãos de óleo. João Bola conversava despreocupado, complementava com movimentos amplos dos braços. O homem maior lhe mostrou um papel. João Bola ergueu o rosto e seus olhos pousaram por segundos na F1000 do lado oposto da praça; voltou a encarar o policial, levou a mão ao queixo, o indicador levantado cobriu-lhe os lábios, balançou a cabeça de um lado ao outro. Não sei de nada, parecia dizer. O que acompanhava parou na entrada, aproveitou o toldo para tirar o boné — já que por ali, se ainda houvesse um dedinho de sol, ninguém ficava dando sopa com a cabeça descoberta — e coçou o cabelo espetado; sem a sombra do boné na cara espichada, dava para ver seus olhos miúdos e o nariz afilado sobre o bigode castanho e roliço, lembrava uma ave com uma minhoca no bico. Guime o achou familiar. Já o tinha visto ou não passava de uma dessas pessoas com fôrma marcante que acreditamos conhecer de antemão? Tentou repassar todos com quem que havia cruzado desde sua chegada a Arenópolis. Quem era? Não lembrava. Seria o motorista do caminhão da noite escura, ou o frentista na espuma do posto de gasolina? O caminhão dizia Usina Junqueira na lateral, letras vermelhas em fundo amarelo, pintadas a mão, o refrigerante que tirou da geladeira era um Pitchula; isso guardava na memória, mas os rostos... em que lugar tinha enfiado os rostos? Por mais que se empenhasse, daquela noite, o único que retornava era o de Denis, coberto de sangue. Recuou e encontrou abrigo no tronco da figueira. Pensou em correr, só que com a perna ruim, era capaz de chamar mais atenção. Espiou o balcão por entre os galhos. O grandalhão fez ainda algumas perguntas, conversou com o outro na calçada e sumiram na viatura; e ele em seguida.

O pôr do sol foi cinza. Tinha dificuldade em passar as marchas, as mãos tremiam, os dedos apertavam as ondulações atrás do volante até deixarem marcas, um fio de suor gelado descia pela nuca. Era por Denis que estavam ali. O celular, o funcionário do posto, o caminhão, o Opala. A caminhonete sacolejava. Só podia ser. Chegaria arrebentado em Goiânia se o levassem de camburão, as algemas cravando seus pulsos mais que as tiras do hospital. O mais branco da cela e ainda por cima com cara de filhinho de papai. Estava fodido.

    Sentou para jantar com o pai e Alma — já que não poderia evitá-los para sempre —, o medo alojado na espinha. Comeu, os cotovelos sobre a mesa, a testa tombada nos dedos, os olhos no prato. A apatia que em outros lares causaria estranhamento, neste era a norma, e assim que o pai se levantou antes de todos terminarem para fumar na varanda, se mandou para o seu quarto.

Dormiu mal e acordou pior. Foi a mãe quem veio no sonho. Ela parecia perto, mas não conseguia alcançá-la, sentada num banco comprido, tocava o piano em dueto com a irmã, e Dora era Alma — tão linda no vestido curto, os saltos, os brilhos, queimando. Laura também era linda, só não brilhante como Dora. E ele via de cabeça para baixo: o funcionário do posto não prestava atenção às mulheres, olhava o fogo, andava em círculos ao lado do corpo coberto, o inchaço roxo-amarelado na lateral de seu rosto, da orelha direita até o olho, fazia com que não o abrisse direito; seus sapatos faziam *splesh splesh* quando se movia na poça vermelha e os de Denis, sem cadarços, apareciam fora do lençol. O som das sirenes surgia no meio da música, da estrada deserta, cada vez mais próximo.

Se vestiu e saiu do quarto. A lâmpada da área de serviço estava acesa, a porta da cozinha trancada por dentro. Ainda dormiam. Sentou numa pedra atrás de uma brisa, o sol mal despontava e já se era possível sentir sua presença. O gaviãozinho empoleirado na cerca, peito branco, asas negras e olhos vermelhos, soltou um grito estridente. Voou; no amanhecer mais abafado desde que pisara em Arenópolis.

Que merda. Precisava se afastar do centro por um tempo, encarar a roça, bater a enxada. Por ora, ver se o pai e Alma iriam mesmo à cidade. Teria um respiro, e depois?

"Vamos à tarde", decidiu Marcílio durante o café, "tenho que levar umas coisas até o Brejal, porque vai chover. Preciso do carro e você vem junto." Apontou ele. "A gente volta para o almoço."

Mais planos mudados, guiados pelas variações do clima e do humor do pai. Nunca ouvira falar no tal Brejal e não havia uma nuvem no céu. O pai queria mesmo era encher seu saco, incomodado com a intromissão, por ter em casa uma situação que não sabia controlar. Contudo, não lhe pareceu má ideia, entendeu que o Brejal ficava do lado oposto à cidade, e isso vinha a calhar.

Joselito desmanchava cubos de feno do tamanho de caixotes com a ponta do ancinho. Parou o que fazia e veio ter com eles. Carregaram a caçamba — com o céu ainda limpo e um bafo opressivo estagnado sem o vento — e cobriram com a lona. Guime sentou no lugar do passageiro, mas Joselito subiu no estribo e entrou, espremendo-o no centro do banco. Devolveu o empurrão e se encolheu, não queria ficar roçando no pai. Os dois conversavam com a cabeça dele no meio. Os cigarros inflamados nas janelas. A função não durou uma hora. Deixaram Joselito com a carga no Brejal.

Na volta, uma picape ao longe, no sentido contrário, quase na estrada de terra. O pai pisou no acelerador, diferente do que fazia com todos com quem cruzava: sorrir e acenar. O outro também ganhava velocidade e avançaram de frente, pelo meio da pista. Guime apertou os olhos, se agarrou ao cinto de segurança. Experimentou nas entranhas uma sensação que conhecia. As luzes em forma de cone, a latinha, a seta e a curva, o guard-rail, Dora, o para-brisa, a bola de fogo. Sentiu o tranco, bateu o ombro na porta e estremeceu antes de ser devolvido ao lugar. Não houve impacto. A caminhonete chacoalhava no mato. Fora da pista.

O pavor o deixou frouxo no banco, mudo — os pensamentos sugados pela retração de seu próprio buraco negro —, mijado.

"Foda-se, Zé!", gritava Marcílio, o dedo do meio subia e descia na janela. "Esse é o Zé Gomes. Um grandessíssimo filho da puta. Dono de quase tudo por aqui, terra, gente. Tem o outro lado, de cima até o asfalto. Compra, grila, chantageia, bota para correr e o que precisar. Quer as terras do Nilto. Depois vão ser as minhas." As veias saltadas na garganta.

"Aqui é a terra dos Ramos!"

Passado o susto, a agonia deu lugar à desilusão. Vinha enfrentando as duas, a agonia deixava cicatrizes, a desilusão, por sua vez, era ferida aberta — acabava de juntar o pai a ela. Marcílio resmungou até chegar em casa, sobre o trabalho duro e o quanto fizera para manter aquelas terras. Lutaria por elas até o fim. Guime só ouviu um pouco, calado; a fazenda não parecia nenhum prodígio, ao contrário, sobrevivia da inércia do trabalho do avô, caíra no colo do pai com a roça encaminhada e o funcionário dedicado. Até as mulheres entravam por sua porta sem esforço. O incidente soara como um alarme e olhou o pai com pena. Esse estranho que queria impressioná-lo ainda precisava impressionar a si mesmo. Arriscou a vida deles por vaidade. Se alimentava de bravatas. Fugiu. Sempre. Não lutou por nada; era isso. Ou não, talvez o pai e Zé Gomes fossem só parecidos demais para se suportarem. Ou não. Ou qualquer outra coisa, ou tudo isso.

"Precisava ver, o moleque mijou nas calças", disse a Alma, e ela encobriu a boca com a mão — dois dias que lhe evitava o rosto. O pai continuou a contar vantagens durante o almoço. Como se houvesse enchido o vizinho de porrada. Guime mastigava o bife lentamente no canto da boca.

Acabaram de comer e partiram, o pai, ela, o menino e a caminhonete.

Ele ficou na varanda. Sentou no primeiro degrau. Se Denis fosse o motivo da visita do policial, João Bola iria contar. Poderia escapar da justiça, convencê-los de que apenas se defendera, ou se esconder ali até que a ocorrência esfriasse, mas não escaparia do pai. A nuvem negra avançava do horizonte. Será que não conseguiria ficar ao menos uns dias sem pisar na lama?

A primeira gota bateu no chão quente, uma parte foi desperdiçada num suspiro de vapor, o restante sugado em desespero. A água grudou no pó e deixou um ponto escuro. A terra tratou de devorar a sobra. Restou o buraquinho. Outra gota e outras; o ar ficando fresco, cada uma roubando parte da secura. Sumiam, bebidas pelo chão trincado, e mais surgiam. As marcas aumentavam. As folhas das árvores começaram a descer e voltar, primeiro sozinhas, depois juntas com o balançar de galhos inteiros. Veio o *toque-toque* da água nas telhas de cerâmica e no zinco do galpão. E cresceu, tudo junto até o molhado engolir o seco. E o dia imitou a noite; um raio desenhou no céu a raiz de uma árvore. E despencou de vez, sem dó.

Agora havia nuvens e a possibilidade de ler o céu além dos pontos brancos no preto, estavam lá a torre sem janelas, o animal com uma boca descabida que lhe cobria a metade do fuço, uma boca escancarada cujo fundo não era a garganta e sim o infinito do próprio céu — manchando e se desmanchando com urgência. Escolheu um lugar de onde pudesse ver o pai voltar e, sem vigilância por toda a tarde, esticou a rede.

Acordou sobressaltado, como se despertado por um cutucão. O mal-estar esfregava o corpo, sem legenda, só presságio — sonho diurno, resto de noite mal dormida, enterrado onde não se podia alcançar. A chuva diminuía. Começou a perambular pela casa, combater a paranoia. Anda-e-senta-levanta-e-anda, varanda, sala, cozinha, até o quarto dele e até o quarto do pai, olhar o relógio na cabeceira da cama. Os ponteiros não avançavam, a eles pouco importava seu tormento; aliás, a ninguém. Talvez Alma, pensou e foi assaltado pela imagem de uma Alma velha, recurvada sobre a mesma pia. Que chance teria ela, plantada naquele chão, à sombra dos Ramos, sem luz, fadada a não vingar? Essa casa não tinha nada a oferecer. E, como uma erupção, veio-lhe a súbita vontade de não existir, de morrer. Nenhum pensamento ousou interromper tal brutalidade. Mas enquanto a parte cansada de seu espírito pedia o fim, a outra parte foi buscar uma saída: se ninguém se importava, de que valia morrer?

Foi até o quarto. Juntou o dinheiro, o tablet e a pouca roupa na mochila. O chapéu ficara na caminhonete. Encostou a porta, a bengala não estava, se pôs de quatro e espiou embaixo da cama, dentro do armário e no vão que fazia com a parede, no banheiro, por trás da cortina do chuveiro; fora do quarto; na sala; no forno à lenha. Foda-se! Não precisava mais dela. Virava hábito, tinha cada vez menos a carregar.

O pai tinha passado o cadeado na corrente. O cachorro deitado com o focinho apoiado nas patas, instalado ao pé da porteira feito um alarme, ergueu as orelhas e tornou a baixar, não disparou, pode ser que não lhe interessassem pernas, só rodas; ou talvez soubesse que não havia ninguém para ouvir. Guime pulou a porteira e iniciou a jornada pela terra espreitando a F1000.

O percurso que sempre fez de carro resistia em mostrar o fim; as passadas encurtadas, os pés arrastando barro e a roupa grudada minavam o ímpeto inicial. O vento rugia e calava. Andava há mais de uma hora e a energia lhe gotejava do corpo, o tornozelo contra o solo a cada vez numa posição tirava o equilíbrio, ampliando a dor. No asfalto, viraria à esquerda, sentido Brejal, assim os evitaria. A mata sacudiu e um calango parou no meio do caminho; ele junto, um surpreendido pela presença do outro, se olharam. O calango correu.

Da casa, por duas horas, só cercas, nenhum desvio, nenhuma porteira. Por que tardavam? Denis, a polícia, certeza. Sem lua, perdeu a entrada de Nilto, o prenúncio do fim da terra. Alcançou o asfalto na completa escuridão. Viu o poste aceso ao longe. Chegou lá precisando cada vez de mais passos para a mesma distância. Duas telhas onduladas sustentadas por quatro estacas e a tábua atravessada de banco, um ponto de ônibus. Trocou a camiseta e as meias e acomodou a mochila de travesseiro. A calça molhada, a única, gelava as pernas no vento; tirou-a e se deitou. Puxou os joelhos contra o peito e apertou-os com as mãos para que seu corpo molengo não destrançasse; sentia os pelos eriçados da barba espetarem o pescoço encolhido, mas não sentia a força necessária para matar a aflição.

Remoía migalhas até que começaram os calafrios. Passou a esquentar de dentro para fora. Quanto mais esquentava, mais frio sentia. Era febre. Retirou as camisetas que restavam da mochila e espalhou-as sobre o corpo. Viu a lua surgir no horizonte, mas já ia pelo meio do céu quando notou os faróis, os fachos tortos lambendo a mata verde-suja que beirava o asfalto. Ficou em pé com esforço; queria, mas não correu. O pai, a polícia, ou um qualquer. Se desse sorte, um qualquer. Com carona, com comida.

Uma mão agarrou seu braço e o tombou no chão. Viu os olhos de um bicho.

"É Zé Gomes. Não é bom."

Era Nilto, a cara colada à sua, o bafo azedo, a boca redonda mastigando, a voz arrastada, sem substância. A mão dele apertava sua carne, puxava. Não conseguia se levantar. Teve ânsia de vômito.

Nilto suspendeu o arame farpado com a bota furada e o arrastou por baixo, nos gravetos e nas pedras; só soltando depois do carro desaparecer. Fez sinal que o seguisse. Retirou o facão com a ponta enfiada na terra e sumiu na trilha, batendo em todo galho que bloqueasse o caminho. Guime vinha trôpego, empenhado em não perder o guia na escuridão.

Nilto o alojou no barracão e sumiu, deixou um colchonete, a manta, a lamparina e a marmita que Alma havia mandado de manhã — apenas a metade comida.

A febre assolava em ondas, como as labaredas que consumiam o último resto do querosene na lamparina; que se apagou. O barracão mais negro que a noite; na entrada, o contraste entre as duas trevas o jogava na boca gigantesca de um animal, aberta e banguela. Se soubesse, teria rezado.

A claridade esfregou suas pálpebras. Uma compressa fria caiu de sua testa. Latões de ferro, o fusca, aquele ar úmido e pegajoso. Sua memória apareceu picotada: os faróis, a tábua no ponto de ônibus, os olhos esbugalhados. A perna coçava; sem as calças, o risco fino e saltado de sangue coagulado e a pele ralada na coxa trouxeram o arame farpado, o som do metal contra os galhos no escuro. O gato deixou pelos colados na sua camiseta; perto de sua cabeça, uma mariposa cabeluda com parte da asa marrom cortada, faltava a bola preta que havia na outra — um presente por ter emprestado no auge da noite seu corpo quente. Faminto, viu a marmita remexida com o garfo espetado, e teve nojo. Cobriu a cabeça com a manta.

Despertou com barulho. Nilto arrastava a chapa ondulada que fechava o barracão. No escuro, os feixes de luz que vazavam os furos na lata denunciavam o movimento lá fora. Ouviu o que pareciam passos, se eriçou e diminuiu a respiração, se aproximavam. Alguém parou diante da entrada matando uns feixes.

"Bom dia, Nilto."

Reconheceu a voz. O pai não deixou a comida no mourão como de costume. Era ele quem matava os feixes. Mesmo sem obter retorno, a voz soou novamente, tranquila, parecia acostumada ao ritmo que as conversas tomavam — ou não — por ali.

"Não viu o rapaz...? O rapaz que veio aqui comigo."

Um tempo longo. Guime percebia o movimento do gato no barracão, atrás dele, no fusca e depois em cima, rente ao telhado. Batidas secas do salto das botas interromperam o silêncio, se afastavam.

"Morreu", disse de repente o Tio. A mesma fala embolada da noite anterior.

"Meu filho?"

"É. Meu filho... Morreu queimado... Eu matei."

As botas retomaram os passos, depois a porta pesada da caminhonete e o motor diesel que diminuiu até sumir. Nilto abriu o barracão e observou Guime sem se aproximar. A lamparina apagada, a comida intacta. Botou a marmita que Marcílio acabara de entregar no chão e empurrou até o meio das pernas de Guime com uma barra de ferro. Pegou a da véspera, meio comida, sentou no para-choque do fusca e pôs uma garfada na boca. Olhou a marmita no chão e para ele.

"Come."

Nilto se levantou e saiu rumo ao terreiro, ao sol. Guime estendeu a mão em sua direção, mas já ia longe, sem olhar para trás. Sentou no colchonete e comeu. Sentia calafrios e as pernas pareciam sem força. Precisava ir ao banheiro. A única porta no barracão era a da frente.

Passou pela entrada, e a claridade ofuscou. As poças de água desapareciam sem deixar vestígio naquele lugar que não conhecia sereno. Andou até o casebre. Nilto não estava onde se podia ver. Limpou o vidro da janela com a bainha da camiseta e colou o rosto. Gritou o nome do Tio. Bateu na porta; sem tranca ou lingueta, abriu. Hesitante, chamou outra vez. Espichou o pescoço e vasculhou o cômodo antes de passar o pé pela soleira. A casa era nua — em contraste com o amontoado de lixo e tralhas empilhadas ao seu redor —, sem fogão, geladeira, nada que se conectasse às paredes por fio. A mesa estreita de madeira, a cadeira encaixada e o lampião em cima. Nenhuma gaveta que pudesse guardar vestígios. A cama com a coberta cinza, sem travesseiro. Um armário, ou guarda-roupas. A madeira do piso tinha buracos e nada para escondê-los, mas as trincas das paredes haviam sido preenchidas com barro, veias de barro. A vassoura apoiada na porta dos fundos. Eram três portas, duas para fora, então abriu a terceira, a do banheiro. Em cima da pia, um pente e um copo, enxaguou várias vezes na torneira esfregando a borda e o fundo com os dedos, secou na camiseta e tomou; sem respirar. Mais de um, tinha sede. Lavou o rosto e usou a privada; se limpou com o papel rosa, não achou o lixo. Enrolou o papel em mais papel e voltou à sala carregando a bola áspera. Levou a mão ao prego que fazia as vezes de puxador do armário. Desistiu. Procurou não deixar sinais de sua passagem e voltou ao barracão. Jogou a bola rosa num dos latões.

Apesar do calor, se refugiou sob a manta. Tremia, sonhava e olhava a entrada; o gato apareceu, sumiu. Sem mais nada acontecer, nem de se ver, nem de se ouvir, nem passos, nem pássaros, nem vento, o dia demorou. O que passou veio de dentro, os pensamentos chegavam comprometidos pela febre, imagens que não conseguia conectar jogadas umas por cima das outras, igual em sonho; Dora, o avô, a mãe — pessoas que nunca vira, com quem conversara nos sites de apoio ou pôquer, ganhavam rosto —, o Bola, colegas da faculdade, do clube, do inglês, Fausto, Alma... todos passavam e seguiam, como se ele não estivesse ali.

No final da tarde, voltou a chover forte, parecia que uma tropa marchava no teto do barracão; e goteiras. Parou de noite. O vulto de Nilto apareceu, encheu a lamparina e riscou o fósforo. A chama iluminou a ponta carcomida dos dedos e a cara. Além do copo de requeijão com querosene, trazia um balde; tirou um pano e torceu o excesso, deu a Guime e indicou a testa — era aquecido, com cheiro de ervas. Recolheu o balde, o copo, e se foi. Guime entendeu que as refeições não seriam servidas três vezes ao dia.

De manhã, a chapa de ferro cobria metade da passagem. Havia comida ao seu lado. Não ouviu passos nem motor. O pai não devia ter ido além do mourão. A manta encharcada, a febre parecia haver sido drenada com a água de seu corpo. Foi ao casebre.

Deu com a porta escancarada presa por um arame para que o vento não a fechasse. Havia um balde de impermeabilizante encostado à privada e nele, duas bolas do papel higiênico rosa. Dois copos na pia. Usou o banheiro e lavou a marmita. O sol próximo ao meio do céu. Dormira muito, o suficiente para reencontrar a terra seca. Não voltou ao barracão, começou a rondar o entorno. O único sinal de vida era o gato, movia se ele se movia e parava quando parava, sem se achegar, atados por uma coleira longa e invisível.

Achou um buraco na cerca, havia pegadas na terra bem onde faltava o arame. O gato ficou. Além da passagem, não se viam mais sinais, a mata era espaçada e os arbustos com as copas na altura da vista não permitiam enxergar adiante, só a abóbada azul acima. O terreno plano não oferecia referências. O sol castigava a moleira, a sombra redonda sob os pés. E andou. Avançou em zigue-zague, deixou pistas com pedras ou quebrando arbustos até não saber de onde viera e aonde ir. Ouvia gralhares, ora de um lado, ora de outro. Um pássaro ou vários? Fez uma viseira com os dedos colados e conferiu o sol; não parecia ter se movido. Passou a mão nos cabelos e ela voltou laranja, da cor da terra seca alojada no couro de sua cabeça. Pressionou as pálpebras e deu os próximos passos com a visão cintilante e a mancha deixada pelo sol, que marcou a vista até se apagar. Desviou pelo cheiro de carniça e chegou no leito seco de um rio. A vereda de seixos coloridos onde um dia correu água. Os dois lados eram iguais, escolheu o que os pés apontavam. A nuca ardia. Começava a desconfiar que havia escolhido o sentido errado, quando viu os baldes plásticos empilhados. Saiu do leito por um aclive de pedras e encontrou a clareira oculta nos arbustos. Nilto trazia um balde no ombro, apoiado embaixo por uma mão e tracionado em cima pela outra, na alça. Sem camisa. Os músculos rabiscavam desenhos na pele. Velho e forte, igual à lembrança que tinha do avô. Caminhava em direção a uma pilha de baldes e latas, lembrava uma cabana indígena de forte-apache. Incompleta. As peças que faltavam esperavam na extremidade oposta, de onde ele deveria estar vindo. Além da pirâmide em execução, outras três nas franjas da clareira. No chão, bem próximo, não mais que a uns metros, Guime viu marcas redondas de fundos de balde, como se algum dia, ali tivesse existido, do mesmo modo, uma daquelas. No contorno, delimitado pelos arbustos, eram várias as pilhas que não estavam mais, dava para ler nos anéis carimbados na terra.

    Nilto empilhou o balde e retornou pela linha de onde viera, mesmo sem o peso, ia lento, os pés aproveitavam o chão, o rosto baixo. No final, dobrou as costas e com um impulso colocou outro nos ombros. Os braços retesados e a expressão impassível exibiam força no corpo e no espírito. Virou o pescoço na sua direção. Não parou. Mirava o nada, a boca distendida era uma reta perfeita, tão indecifrável quanto o horizonte além do mar. Impossível saber se aprovava ou repudiava a visita. Carregou os baldes que faltavam para completar a pirâmide; pronta, esfregou a mão na testa e partiu para outra pilha, retirou o que ficava no topo, atravessou a clareira e escolheu o lugar de recomeço. Guime se aproximou da última construção. Baldes cheios de pedras.

O céu nublou num instante e a chuva tingiu a tarde. Se refugiou sob um arbusto, um refúgio precário, não podia voltar, não sabia o caminho. As moscas na pele. Nilto só parou com a pilha completa. Retirou a camiseta molhada do galho — um trapo — e passou por ele sem dizer nada. Moveu baldes a tarde inteira, o que também devia ter feito no dia anterior e no anterior. Fazia ao desfazer, embaralhava o começo ao fim. O de ontem, o mesmo de amanhã. Guime observava, tentava dissecar o homem como a um inseto numa lâmina de microscópio.

"O que você está fazendo?", quis saber, ansioso por dar lógica ao pensamento.

Nilto seguiu, e ele atrás. Encharcados. Não voltaram por onde veio, passaram por outra clareira, as mesmas estruturas, outras marcas. Quantas haveria? Quantas vezes as teria desfeito? O final era o vão da cerca e o Tio entrou em casa. Fechou a porta. Guime voltou ao barracão e tirou a roupa. Saltitou na ponta dos pés para se livrar do excesso de água e vestiu o que restava seco.

Fez noite e Nilto reapareceu, trazia o copo de querosene, não o balde. Acendeu a lamparina e, quase fora, se voltou para ele.

"Esperando."

Dormiu sem a manta úmida, exposto ao ar pegajoso do barracão, as costas grudavam e soltavam do colchonete. Acordou com o gato na cara. Não se lembrou do sonho que teve, mas foi tomado por uma sensação boa. A cabeça com menos lodo. Sentou num canto encoberto e comeu a porção reservada para o café da manhã. Ouviu o ronco distante do motor e, protegido pela parede da entrada, botou a ponta da cara para fora, o suficiente para ver sem ser visto. Assistiu ao longe o ritual da entrega da comida; não haveria nova aproximação, estava seguro, o pai não seria mais que a nuvem de poeira perseguindo a F1000 na estrada. Nilto passou reto e entrou no casebre. Prendeu a porta aberta no arame, demorou uns minutos e saiu com o embrulho xadrez de Alma na mão. Guime se serviu do casebre e seguiu para a passagem descoberta na véspera. Parou entre as duas madeiras, onde a cerca fora arrancada ou nunca feita. A passagem, de tanto ser pisada, ganhara uma depressão — a chuva de três dias começava a marcar o solo, em marrom escuro; ao redor persistia a terra clara e poeirenta, craquelada até se perder no labirinto de arbustos. Calcou a bota no centro e girou os calcanhares; e atravessou. Seria mais fácil se localizar que no dia anterior, era cedo, bastava fazer o zigue-zague com o sol às costas. No rio, seguir à esquerda até o aclive de pedras. Não estava lá. Escutou, e na quietude encontrou um gemido, o arranque de um halterofilista. Nilto trabalhava em outra clareira. Guime se dirigiu ao que supôs ser o ponto de partida. Tentou erguer o balde do topo e ele despencou, derrubando outros, quebrando o silêncio. Nilto arriou o seu. Se aproximou com vagar. Os lábios retos davam a impressão de terem as pontas dobradas para cima. Recolheu o balde caído e preencheu até a metade com as pedras derramadas; segurou pela borda e puxou; tirou mais duas pedras, experimentou, e ergueu até o ombro; uma vez suspenso, passou a Guime para que continuasse. O que pareceu razoável a Nilto era bem mais do que seria para ele e o plástico cravou a carne no pescoço feito lâmina cega; teve o ímpeto de arremessar tudo ao chão, travou o movimento, fez força, equilibrou o peso e esticou as costas. O Tio partira, e ele em seu encalço. A distância entre os dois aumentava e ele fraquejava, os músculos tremiam, as pernas pesavam; suas mãos pegavam fogo e o suor fazia o balde escorregar. Por que resolvera fazer isso? Queria largar, jogar, deixar cair, se deixar cair; mas dava outro passo, mais um antes de desistir. Conforme se aproximava da pirâmide, foi experimentando uma força que desconhecia e a perspectiva de ser capaz engoliu seus temores. Chegou à base, puxou o ar e arriou o balde. Manteve a cabeça baixa e as mãos apoiadas nos joelhos, temeu que se levantasse, desfaleceria. Envergado, viu os pés de Nilto, que deixava mais um e partia, o acompanhou pelas costas enquanto recuperava o fôlego. Decidiu a quantidade de pedras, tomou cuidado para não retirar a mais do que o Tio havia retirado e ergueu o segundo balde nos ombros.

O mesmo percurso lhe tomava o dobro do tempo, com metade do peso, mas deixou de prestar atenção nisso; aliás, passou a não prestar atenção em nada — retirou a camiseta e a amarrou com as mangas enroladas na cabeça feito um beduíno —, ia e vinha, terminava e recomeçava.

Carregaram até o sol dar meio-dia, então Nilto sincronizou as passadas de forma a chegarem à pilha ao mesmo tempo. Lhe indicou a sombra do buriti, abriu o embrulho e dividiu o pão e o molho; e comeram. As maitacas gritando nas pirâmides de plástico.

À tarde, prosseguiram com o trabalho até o Tio fazer o corte. Retornaram no zigue-zague, atravessaram a passagem e cada um foi para o seu coberto. Nilto não apareceu, Guime sentou do lado de fora, escorado na parede do barracão, e comeu seu resto. A lua, uma unha, montava por cima dos arbustos, o vento fazia deles seu chocalho. Exaurido, dormiu.

Despertou de madrugada, uma mancha azulada lambia o chão para além do terreiro. A lua velara seu sono. Sentia o corpo mais leve do que nunca. Uma das colunas que sustentava suas crenças se rompera e as certezas escorriam inclinadas. Acabara de viver algo determinante, forte o suficiente para sufocar quaisquer veleidades, mas o sentido real lhe escapava, percebia só a oposição a tudo que o havia movimentado até então, ao que supunha importante. Não encontraria sozinho as respostas, ainda não tinha as peças para montá-las. Soube que era a hora de partir. Fora tocado profundamente, mas não pertencia àquele lugar, não servia para isso: para o não dito; podia estar pronto para viver sem raízes, mas incapaz de viver sem palavras.

Se vestiu — as camisetas que o pai dera, já esgarçadas — e começou a decidir o que ia na mochila, o que deixar. Assim era. Roupas, dinheiro, tablet. Descalçou as botas, só elas serviriam a Nilto. Seriam seu bilhete de despedida. O muito obrigado deixado aos pés do fusca.

O gato o acompanhou até o mourão, por trás. Teve a impressão de que era observado, virou o rosto. O vento havia parado de soprar e nada se mexia, acreditou ver uma silhueta estampada na janela do casebre. Avançou no escuro, descalço, os pedriscos não incomodavam mais a sola macia; leve, tinha menos; medo inclusive. Eram cinco os caminhos: acabava de deixar o primeiro; à direita, o pai; à esquerda, de um lado o Brejal, se aprofundando no nada, e do outro, a cidade. A quinta opção era dar de comer aos urubus. Escolheu a esquerda e em poucos metros chegou ao asfalto, tomou a direção da cidade.

Dobrou a barra das calças, dois dedos do avesso a cada volta, duas vezes, e seus pontos cardeais apareceram no tornozelo. Se foi sob o azul sem fundo, sem casas iluminadas, de pouca lua, todas as estrelas despidas para ele. Mais belo que o céu de ontem, mais belo que todos os seus céus. Teve o impulso de tirar um celular do bolso, de postar uma foto.

Como o dia ainda se delineava, não esperava cruzar ninguém na estrada, nem o ônibus ia ver, o que apanhava as crianças para a escola passava antes no Matão e ali por último; e seria bom, o desatino cozinhava dentro, mais libertador que a pilha de baldes de pedras, e precisava de tempo. Sem carros e com a terra batida pela última chuva, a poeira não subia. Andou tranquilo, fora da pista, na margem; amassou um ou outro capim perdido, chutou pedras; no lusco-fusco, as formigas seguiam coladas aos rabos das outras; e latas, sacos plásticos, garrafas vazias; vela apagada; e roça. Postes de vez em quando, fios o tempo todo; árvores magricelas espetadas nos arbustos; a capela; meia dúzia de casas numa saída de terra, muito bloco, pouco reboco, nenhuma tinta, janelas fechadas e galinhas — pretas, carecas e d'angolas —, noutra saída maior, o campinho vazio porque era cedo e meio de semana; e o pasto cercado por arame farpado; a cruz e a santa marcavam a morte na curva; mais tocos de vela; e mais roça e vaca; carcaça de vaca — ou de boi; e lufadas de vento com poeira dentro; a ponte sobre o Caiapó; e a linha de fogo acobreada no fim de tudo se arreganhou e subiu, clareou mais; a ave cantou e o bicho correu; era pouco para os ouvidos. Naquele plano sem fim, a terra passava embaixo e a cabeça corria em cima.

Chutava pedras, se divertia em inventar destinos sobre os quais não detinha controle algum, sem razão, ou até contra ela: seria perdoado pela mãe, pela irmã, pelo avô — como nos livros —, ou podia ele perdoá-los — 'nunca arriscaram um tico sequer e não terem errado era sua última virtude', seria magnânimo, pensou; fugir com Alma — por que não? Podia empurrá-lo quantas vezes quisesse, o amava —, e riu desbragado, tamanha euforia; ou ainda veria o pai arrependido, bastava uma ligação de João Bola e o viria buscar encharcado de compaixão; ou não seria o pai a receber a ligação, e sim a polícia e ele, enfim, pagaria por seus erros — por Dora, é claro. Denis? Quem se importava com Denis? Chutava pedras.

Escolheu o percurso longo, pelas beiradas, onde as ruas morriam no cerrado. Cortou por uma lateral e parou; a praça ao fundo. Entre os telhados, o coreto de madeira e teto de metal, pequeno, difícil de acomodar uma banda inteira. A partir da antena fincada no topo da cobertura, haviam esticado um fio de lâmpadas coloridas que alcançava a parte alta da Matriz. Estava apagado. Imaginou que de noite haveria uma festa, algo digno de se comemorar. Chegou à loja do chapéu. Fechada. Devia faltar pouco. Comprou café de térmica e uma broa do homem do tabuleiro, esperou sentado no meio-fio, o tempo de engordar a sombra do jatobá. A bicicleta surgiu na esquina e ele a acompanhou com os olhos, depois a mulher que vinha nela passou a corrente na roda e ao redor do poste e, mal ergueu a porta de enrolar, ele entrou junto.

Queria um celular e um chip. Um bom, capaz de partilhar a conexão, que permitisse navegar no tablet através dele. Testou ali mesmo, às vezes ele mexia, às vezes ela, trocavam o aparelho de mãos quando a paciência do que estava aguardando se esgotava, até conseguirem a conexão. Aproveitou e levou um fone de ouvido imenso, um maço de cigarros e o isqueiro.

"O Bic verde escuro, o grande, por favor."

Enfiou a cara na mochila e puxou as notas do elástico sem mostrar o bolo.

Pôs o fone no pescoço e o resto no bolso, se dirigiu ao banco. Gastara tanto tempo que já deveria ter aberto.

A agência era do tamanho de um ovo e ele quase não portava nada, mesmo assim, supervisionado pelo segurança armado com uma escopeta, teve que se esvaziar no cesto de acrílico para destravar a porta. Uma vez dentro, conforme instruído, aguardou na poltrona amarela até ser chamado à mesa da gerente.

Quando ela o recebeu, abriu a mochila e tirou o dinheiro. Entregou a carteira de motorista e mostrou no celular o número da conta no Paypal.

"Eu gostaria que colocasse esse dinheiro aqui", e sacudiu o aparelho. A gerente deitou os olhos na tela e comprimiu a boca.

"Posso?", disse ela e pegou o celular da mão dele. Seus dedos eram compridos e finos. "Já volto."

Ele aguardou tirando a terra das unhas das mãos. Ela retornou na companhia do homem alto com camisa branca de mangas curtas, gravata frouxa, e voltou a sentar; o homem espiava por sobre seus ombros.

Guime separou duas notas e entregou o resto — apesar do ar-condicionado, tinha a gola da camiseta molhada nas costas.

"Quanto tem aqui?", ela perguntou, sem se importar com a resposta. Fazia pilhas de notas e a cada mil, as dobrava ao meio, contou as pilhas e as sobras, anotou em um papelzinho amarelo e prendeu tudo com um elástico. Ele cruzou as pernas; só então se lembrou que estava descalço. Pelo menos não nu.

Ela deu o dinheiro ao homem, que partiu ligeiro. E voltou com o comprovante.

Na saída do banco, viu um carroceiro. Prensou o tablet nos joelhos e apertou o nylon para ver o que restava na mochila cada vez mais leve. Algo duro no bolsinho, o relógio do avô. Releu pela milésima vez a inscrição gravada no avesso, 'Para um homem admirável. Com amor. Adélia. 14-02-53'. Se ainda estivesse escrito 'Para um cabra danado'. Acenou para o carroceiro que, talvez por não enxergar bem — ou por não ser bem enxergado —, demorou a perceber que Guime o chamava. Deu a ele o relógio e a mochila com o que ainda persistia dentro.

Então se dirigiu à rodoviária. O atendente dormia no guichê e ele bateu no vidro.

"Dá para comprar direto para São Paulo, ou preciso comprar em Goiânia?"

"Pode as duas, se quiser."

Trocou suas últimas notas por um bilhete. Partiria em uma hora.

E se percebeu só, no meio do nada. Agora tinha certeza, sua vida terminava e recomeçava em Arenópolis, só não como nos planos da marquise. Se sentia desamarrado; sujo e desamarrado e solto, um recém-nascido, não mais que um sopro — e Arenópolis era o gargalo de sua ampulheta.

Saiu em direção à Matriz. Caminhava leve, os pés aproveitavam o chão, como Nilto. Acenava. Passou o Três Irmãos, a delegacia, e parou diante do Bola. Cumprimentou João, que fez sinal para que se achegasse. Deu de ombros e sentou no banco da praça, de onde podia ver o movimento, de onde pôde ver João Bola pegar o celular, ao mesmo tempo em que ele pegava o seu.

Conectou o tablet e abriu o aplicativo. *Welcome back*. Escolheu a mesa. Transformou o dinheiro do Paypal em créditos. Acendeu o cigarro, espetou o plugue do fone, apertou random, e meteu no talo, Marylin Manson. Recebeu um ás e um sete da mesma cor, não do mesmo naipe; na mesa, uma dama e dois reis. Mesa cheia, oito jogadores além dele. Nenhum correu — demorou, a conexão oscilava. A seguinte foi um sete. As apostas foram rolando até sua vez. Pescou um gesto com o canto dos olhos e levantou o rosto, um senhor, talvez o mais velho dos três irmãos, erguia gentil seu chapéu. João Bola observava, havia desligado o telefone. A viatura descia a rua, preguiçosa, o policial sorridente cumprimentou o dono do bar, depois o senhor do chapéu, e por fim Guime, antes de sumir na esquina. A chuva fizera com que as plantas soltassem brotos. A luz que vazava as copas das árvores respingava na grama e o quero-quero batia o bico nela em busca de algo invisível. Apostou tudo, All In, sua carta virada na mesa ou o destino dos anônimos cuspidos no mundo a partir da rodoviária do Tietê — a conexão oscilava. Deu mais uma tragada. O vento soprou fazendo a fumaça serpentear; e folhas antigas caíram, flutuando, rodopiando, um movimento dependendo do outro. A tela congelada em seu último gesto. Esperava. E o quero-quero ergueu o bico ao céu, e a minhoca desapareceu dentro dele.

© 2019, Marcelo Soriano

Todos os direitos desta edição reservados à
Laranja Original Editora e Produtora Ltda.
www.laranjaoriginal.com.br

Edição **Filipe Moreau e Germana Zanettini**
Preparação **Carla Piazzi**
Revisão **Aline Caixeta Rodrigues**
Projeto gráfico **Arquivo · Hannah Uesugi e Pedro Botton**
Produção executiva **Gabriel Mayor**
Foto do autor **Fabiana Kocubey**

Dados Internacionais de Catalogação na Publicação (CIP)
(Câmara Brasileira do Livro, SP, Brasil)

Soriano, Marcelo

Flores de beira de estrada / Marcelo Soriano.
São Paulo: Laranja Original, 2019.

ISBN 978-85-92875-55-8

1. Romance brasileiro   I. Título.

19-26484   CDD-B869.3

Índices para catálogo sistemático:
1. Romances: Literatura brasileira B869.3

Cibele Maria Dias — Bibliotecária — CRB 8/9427

Fonte **Tiempos**
Papel **Pólen Bold 90 g/m²**
Impressão **Forma Certa**
Tiragem **200**